Bernhard Denhard

Die Gebrüder Jakob und Wilhelm Grimm

Ihr Leben und Wirken

Bernhard Denhard

Die Gebrüder Jakob und Wilhelm Grimm
Ihr Leben und Wirken

ISBN/EAN: 9783743375116

Hergestellt in Europa, USA, Kanada, Australien, Japan

Cover: Foto ©Raphael Reischuk / pixelio.de

Bernhard Denhard

Die Gebrüder Jakob und Wilhelm Grimm

Die Gebrüder Jakob und Wilhelm Grimm,

ihr Leben und Wirken.

Ein Vortrag,

gehalten von

Oberlehrer, Dr. B. Denhard.

Hanau,
bei Friedrich König.
1860.

Vorwort.

Auf den Wunsch vieler Freunde erscheint dieser Vortrag, welcher hier vor einer zahlreichen Versammlung von Männern und Frauen gehalten wurde, nun auch im Druck. Die allgemeine Theilnahme, die er gefunden, und die dadurch erregte Vorstellung, es möchte Manchem im lieben deutschen Vaterlande nicht unerwünscht sein, etwas Genaueres über die Lebensschicksale und die Wirksamkeit der in ihm geschilderten Männer zu erfahren, haben mich zu seiner Veröffentlichung ermuthigt. Möge ihm auch in weiteren Kreisen eine freundliche Aufnahme zu Theil werden!

Hanau, im März 1860.

Der Verfasser.

Verehrte Anwesende!

Wenn ein Hanauer zu Hanauern redet, so wird es gewiß auch nicht als ungeeignet erscheinen, daß er von Hanauern spricht, und ich habe diesen Stoff um so lieber für meinen heutigen Vortrag gewählt, als er einerseits Ihrer Theilnahme höchst würdig und ganz dazu angethan ist, Sie über dem sachlichen Interesse, das er bietet, die Mängel der Behandlung übersehen zu lassen, andererseits es mir aber auch zur wohlthuenden Befriedigung gereicht, den Gefühlen tiefster Verehrung und aufrichtigster Anerkennung, die ganz Deutschland, ja man kann sagen, die gebildete Welt zwei Hanauern weiht, zuerst hier in ihrer Geburtsstadt Worte zu leihen und ihnen den Zoll wohlverdienter Huldigung darzubringen, womit sich zu unserm Schmerz für den Einen das Todtengedächtniß verbindet. Es bedarf jetzt für Sie, hochverehrte Anwesende, nicht mehr die Nennung des Namens; Sie alle wissen, daß ich von dem hochedeln Brüderpaare rede, das ein Dichtermund als Hessens Dioscuren gefeiert hat. Ja, es sind die Gebrüder Jakob und Wilhelm Grimm, deren Leben und Wirken ich jetzt Ihren Blicken in einfacher, wahrheitsgetreuer Schilderung vorzuführen versuche.

Die Familie Grimm ist eine ächt hanauische; der älteste Vorfahr, der sich in unsern Kirchenbüchern findet, heißt Johannes Grimm und ist höchst wahrscheinlich der Sohn des Zentgrafen Thomas Grimm im nahe gelegenen Bergen. Dieser Johannes Grimm, der um 1654, also vor etwa zwei Jahrhunderten, als Bürger und Gasthalter in der Altstadt erscheint, hatte einen Sohn gleichen Namens, der ebensowohl als Bürger in der Alt= und Neustadt und zugleich als Schaffner des Ordenshauses der St. Johannisritter bezeichnet wird und der vor 1670 verstorben ist. Dessen Sohn Heinrich verheirathete sich im Jahre 1670 mit Juliane Marie, der Tochter des reformirten ersten Predigers und Inspectors Petzenius, und es wurde ihm 1672 ein Sohn, Namens Friedrich, geboren. Dieser Friedrich scheint sich zuerst aus der Familie der Wissenschaft gewidmet zu haben. Nachdem er auf dem hiesigen academischen Gymnasium und zu Bremen Theologie studirt hatte, wurde er 1693 dahier dritter Prediger und starb als erster Prediger, Consistorialrath und Inspector im Jahre 1748. Auch trat er als Schriftsteller auf, verfaßte einen Katechismus und gab mehrere Leichenpredigten heraus, unter andern eine auf den Tod des Grafen Philipp Reinhard von Hanau 1712.

Von den 7 Kindern, welche der Inspector Friedrich Grimm hatte, überlebten ihn nur drei, zwei Töchter und ein Sohn, ebenfalls Friedrich genannt, der 1707 dahier geboren, 1730 reformirter Pfarrer zu Steinau wurde, wo er 1777 starb. Er war mit Christiane Elisabeth, einer Tochter des hiesigen Hofgerichtsraths und Stadtschultheißen zu Althanau, Joh. Georg Heilmann, verheirathet, und von seinen zehn Kindern überlebten ebenwohl wieder nur zwei Töchter und ein Sohn den Vater. Dieser Sohn Philipp Wilhelm, welcher als der Vater unserer Gebrüder vollen Anspruch auf unsere Theilnahme hat, wurde den 19. September 1751 zu Steinau geboren, studirte in Herborn und Marburg Rechtswissenschaft, wurde dann dahier Advocat und später hochfürstlich Hessen-Hanauischer Stadt- und Landschreiber und verheirathete sich als solcher am 23. Februar 1783 mit Dorothea, der jüngsten Tochter des Kanzleiraths Joh. Hermann Zimmer. Der älteste Sohn Friedrich Hermann starb im ersten Lebensjahre; dann wurden ihm geboren am 4. Januar 1785 Jakob Ludwig Karl und am 24. Februar 1786 Wilhelm Karl, unsere Gebrüder.

Sie sehen, die Familie Grimm ist so recht eigentlich aus den Schichten des Volkes hervorgegangen, in welcher die Existenz des Einzelnen auf seine eigene Arbeit gestellt ist, eine Lage, ganz geeignet die Fähigkeiten zu wecken und die Kräfte zu stählen. Dies drückt Jakob Grimm selbst aus: „Oft habe ich das Glück und auch die Freiheit mäßiger Vermögensumstände empfunden. Dürftigkeit spornt zu Fleiß und Arbeit an, bewahrt vor mancher Zerstreuung und flößt einen nicht unedeln Stolz ein, den das Bewußtsein des Selbstverdienstes gegenüber dem, was Andern Stand und Reichthum gewähren, aufrecht erhält. Ich möchte sogar die Behauptung allgemein fassen und Vieles von dem, was Deutsche überhaupt geleistet haben, gerade dem beilegen, daß sie kein reiches Volk sind. Sie arbeiten von unten herauf und brechen sich viele eigenthümliche Wege, während andere Völker mehr auf einer breiten, gebahnten Heerstraße wandeln." Das, was Grimm hier von Deutschland im Allgemeinen sagt, paßt so recht eigentlich auf die hanauischen Verhältnisse jener Zeit.

Das Fürstenthum Hanau war ein kleines Land, das abgesondert von der Landgrafschaft Hessen-Kassel, zu welcher es erst seit einem halben Jahrhundert gehörte, nach hergebrachten Rechten und Gewohnheiten von größtentheils eingebornen hanauischen Beamten regiert und verwaltet wurde. Es herrschte nirgends übergroßer Reichthum, aber auch keine niederdrückende Armuth; es stand so ziemlich Alles auf dem Niveau mittlerer Verhältnisse. Die Bevölkerung war thätig, lebensfroh und gutmüthig; ihr geistiger Horizont war zwar im Ganzen enge begrenzt; aber es hatte sich doch in Folge theils der freien Verfassung von Neuhanau, theils der milden Regierung hier eine Art bürgerlichen Selbstgefühls und achtbaren Rechtsinns gebildet und erhalten, die man damals in andern deutschen Ländern leider vermißte; man war den Strebungen der neu aufdämmernden Zeit zugewendet und hatte sich mehr, als anderswo, von Vorurtheilen frei gemacht. Eine stillvergnügte Behaglichkeit war unter den Bewohnern verbreitet, die in einer Art idyllischer Beschränktheit den Reiz des Daseins genossen. Leben und Lebenlassen galt als Wahrspruch des ächten Hanauers. In solche Zustände traten unsere Gebrüder ein, als sie dahier in dem Hause am Paradeplatze geboren wurden, welches jetzt als Polizeigebäude dient. Ein einfaches und schlichtes, aber schönes und inniges Familienleben war die gute Stätte, worin die beiden einander im Alter so nahestehenden Brüder den gesunden und kräftigen Boden für ihr Gedeihen und ihre Entwickelung fanden. Der Vater verband mit strenger Arbeitsamkeit und Ordnungsliebe, eine Eigenschaft, die sich besonders in seinem Schreibzimmer und seinen Bücherschränken kundgab, ein liebewarmes Herz. Die Mutter zeichnete ein feiner Sinn und überhaupt die reinste Weiblichkeit aus. Ohne gerade schön zu sein, übte sie durch stets sich gleich bleibende Milde und die Geistes- und Herzensbildung, die sich in ihrem ganzen Wesen aussprach, einen mächtigen Einfluß auf Alle, die ihr nahe kamen, aus; sie galt als Muster einer ächten Frau, und ich habe noch lange Jahre nach ihrem Tode von alten Leuten oft die Aeußerung vernommen: „Ja, eine Frau, wie die Frau Amtmann Grimm, die gibt es nicht mehr." Wie eine solche Mutter auf edelfühlende Söhne einwirken mußte, bedarf keiner weitern Ausführung, und so ist uns denn auch die innige Verehrung, welche diese ihr zollen, ebenso begreiflich, wie wohlthuend. Wilhelm Grimm sagt: „die Liebe zu meiner Mutter ist noch jetzt, nachdem sie länger als zwanzig Jahre im Grabe liegt, unvermindert in meinem Herzen; der Traum führt mich manchmal zu ihr hin, sie sitzt meist, wie in den letzten Jahren ihres Lebens, auf einem kleinen Teppich vor ihrem Arbeitstischchen, reicht mir die magere, aber sanfte Hand und fragt, warum ich so lange nicht bei ihr gewesen sei." Neben der sanften Mutter wirkte eine ältere Schwester des Vaters, die Wittwe des Kammerschreibers Schlemmer, eine äußerst ernste und strenge Frau von ungemeiner Willensstärke, in ihrer Weise auf die Kinder des Bruders ein, denen sie den ersten Unterricht ertheilte, worin es Jakob äußerst rasch zum fertigen Lesen gebracht haben soll, was damals bei der Buchstabirmethode etwas heißen wollte. Die freundlichste Aufnahme aber fanden die Kinder in dem Hause ihrer mütterlichen Großeltern, welche sie wöchentlich einigemal an bestimmten Tagen besuchten und wo ihnen die angenehmsten Eindrücke zu Theil wurden. Außer den täglichen Stunden bei der Tante besuchten auch Jakob und Wilhelm den Unterricht eines Lehrers der französischen

Sprache, welcher in der Nähe der wallonischen Kirche wohnte. Dahin gingen die Knaben schon jetzt, wie später ihr ganzes Leben hindurch, Hand in Hand über den neustädter Markt und ergötzten sich in kindlicher Freude an dem goldenen Hahn, der sich auf der Spitze des Kirchthurmes im Winde hin und her drehte. Dies und das Vergnügen, welches ihnen ein in einem Nachbarsgarten blühender Pfirsichbaum bereitete, den Wilhelm noch nach dreißig Jahren wieder sah, sind die einzigen Kindheitseindrücke von Hanau, deren sich später die Brüder erinnerten. Denn bereits 1791 wurde der Vater als Amtmann in seine Geburtsstadt Steinau versetzt, und von der Reise dahin stand es später Wilhelm noch in lebhaftem Gedächtnisse, wie er auf einem Kästchen zu den Füßen der Mutter gesessen und den blühenden Weißdorn an den Fenstern der zwischen Hecken hindurchfahrenden Kutsche habe vorbeieilen sehen.

Dieses Steinau nun, an welches sich die schönsten Jugenderinnerungen unseres Brüderpaares knüpfen, ist ein altes Städtchen von 2000 Einwohnern, eine Anhöhe hinauf und hinunter gebauet, auf deren seitwärts liegendem Gipfel sich ein Schloß zeigt, mit Mauer und Graben umringt, wie denn auch die ganze Stadt mit Mauern umgeben ist, auf welchen sich zu jener Zeit noch Thürme erhoben. Steinau liegt in dem obern Kinzigthale, welches von den Vorbergen des Vogelsbergs, Spessarts und Rhöngebirges malerisch begrenzt wird; um die Stadt dehnen sich saftige Wiesen und gut angebaute Gras- und Obstgärten aus. Die Aussicht aus dem Amthause, das versteckt in einem mit Bäumen bepflanzten Hofe liegt und theilweise von Gärten umgeben ist, geht über diese Wiesen hinaus auf die nächsten Höhen, von denen eine früher mit Weinreben bepflanzt war und daher den Namen Weinberg führt. Ueber diese Wiesen hin schlängelt sich die Kinzig, die durch die Stadt fließt und jenseit derselben das überaus klare Wasser des Steinabaches aufnimmt. In der Ferne zeigen sich auf pittoresken Anhöhen die Ruinen des Brandensteins und des Steckelbergs, wo unser Ulrich von Hutten geboren wurde. Eine überraschende Aehnlichkeit hat die Gegend mit dem Remsthale, wo sich der Hohenstaufen erhebt, so daß ich, dieses durchfahrend, mich in die Umgebung von Steinau versetzt glaubte. Das Ganze gewährt einen anheimelnden, in seiner Begrenzung befriedigenden und zu stiller Freude einladenden Eindruck.

Wie tiefe Rückerinnerungen dieses alte Städtchen mit seiner anmuthigen Umgebung im Gemüthe beider Brüder zurückgelassen, mag uns Wilhelm selbst schildern. Nachdem er von den Spaziergängen, die Jakob und er gemeinschaftlich über Wiesen und Anhöhen gemacht, erzählt und darin die erste Anregung zu dem hohen Genusse, welchen ihnen eine sinnige Naturbetrachtung gewähre, gefunden hat, fährt er fort: „Im Herbste 1826 führten mich Geschäfte nach Steinau, wo ich in zwanzig Jahren nicht gewesen war. Der wohlbekannte, viereckige Schloßthurm, von welchem Sonntags, wenn wir nach der Kirche mit der Mutter in feierlicher Stille an dem Schloßgarten hergingen, die Posaunen einen Choral ertönen ließen, die Kirchen und andere höhere Gebäude zeigten sich an dem reinen Himmel aus der Ferne ganz wie sonst; in der Nähe war Manches verändert, neue Häuser waren auf fruchtbare Gartenfelder gebaut, ein paar Thürme über den Stadtthoren abgetragen u. s. w. Wir fühlen es nicht immer, wie unaufhaltsam Alles versinkt; aber ich kann mich der Bewegung nicht erwehren, wenn eine Erinnerung mich auf einen Augenblick in eine längst untergegangene Zeit, die anderen Schmerz und andere Freuden hatte, mitten hineinrückt." Daß er aber, der da spricht, wie das gediegene Gold immer derselbe geblieben, einfach und schlicht, möge Ihnen eine mündliche Ueberlieferung aus Steinau beweisen. Wilhelm Grimm suchte damals nicht nur die Orte auf, wo er als Knabe geweilt, sondern auch die Menschen, die er gekannt und geliebt hatte. So kam er auch zu einem früheren Spielgenossen, der jetzt ehrsamer Bürger und Töpfer war. Dieser empfing natürlich den vornehmen Herrn mit gezogener Mütze und tiefen Bücklingen, ihn mit Sie anredend. Wilhelm aber sprach: „Sei kein Narr, Kläschen; kennst Du mich denn nicht mehr; ich heiße Wilhelm, wir haben zusammen gespielt und uns Du genannt, und das wollen wir auch jetzt thun", und der erstaunte Töpfer mußte Du sagen, er mochte wollen oder nicht, und in den alten Ton einstimmen.

Wilhelm Grimm besucht nun die Kirche, worin sein Großvater so lange gepredigt, und den Friedhof, worauf derselbe ruhte. Er findet dessen Leichenstein und darauf eine kurze Erzählung seines Lebens. Die Worte, die er dabei ausspricht, lassen einen tiefen Einblick in sein Inneres thun, und so gebe ich sie Ihnen wieder. „Der Großvater ist 47 Jahre an demselben Orte Prediger gewesen. Wie beneidens= werth schien mir dieses Loos: ein segenvolles Amt, Liebe und Achtung der Gemeinde, Muße zur Betrachtung und zum Nachsinnen und ein lebendiges, freudiges Gefühl des Daseins." In dem Garten, der ehemals seinen Eltern gehört, erkennt er den Baum wieder, an dem der weiße Mantel der Mutter zu hängen pflegte, und den die Knaben schon von weitem sahen, wenn sie ihr nach beendeter Schule nach= kamen. So kam er sich nach seinem Ausdruck wie ein abgeschiedener Geist vor, der wieder einmal zu der ehemaligen Heimat zurück= gekehrt sei.

Die Knaben erhielten Unterricht bei einem alten Präceptor, der ein Muster der strengsten Ordnung, sie zwar zu Fleiß und Aufmerk= samkeit anhielt, sie aber wenig im Wissen zu fördern vermochte und ihnen gerade durch seine Pedanterie zu mancherlei Neckereien und Späßen Veranlassung gab, wovon sie noch in späteren Jahren die lustigsten Geschichten zu erzählen liebten. Desto wohlthätiger wirkte das Beispiel geliebter und verehrter Eltern auf die geist= und gemüth= begabten Knaben ein. Es verstand sich von selbst, daß man gut und sittlich handelte, das sahen sie an ihren Eltern, und so thaten sie dann auch. Wie man aber in jener Zeit sich an das Nächste desto fester und inniger anschloß, je mehr das Entferntere und Allgemeinere außerhalb des Gesichtskreises lag, erzählt uns Jakob selbst. „Wir Geschwister", sagt er, „wurden alle, ohne daß viel davon die Rede war, streng reformirt erzogen; Lutheraner, die in dem kleinen Landstädtchen mitten unter uns, obgleich in geringerer Zahl, wohnten, pflegte ich wie fremde Menschen, mit denen ich nicht recht vertraut umgehen dürfte, anzusehen, und von Katholiken, die aus dem eine Stunde weit entlegenen Salmünster oft durchreisten, gemeinlich aber schon an ihrer bunteren Tracht zu erkennen waren, machte ich mir scheue, seltsame Begriffe. Und noch jetzt ist es mir, als wenn ich nur in einer ganz einfachen, nach reformirter Weise eingerichteten Kirche recht von Grund andächtig sein könnte; so fest hängt sich aller Glaube an die ersten Eindrücke der Kindheit, die Phantasie weiß aber auch leere, schmucklose Räume auszustatten und zu beleben, und größere Andacht ist nie in mir entzündet gewesen, als wie ich an meinem Confirmationstage nach zuerst empfangenem heiligen Abendmahl auch meine Mutter um den Altar der Kirche gehen sah, in welcher einst mein Großvater auf der Kanzel gestanden hatte. Liebe zum Vaterlande war uns, ich weiß nicht wie, tief eingeprägt; denn gesprochen wurde eben auch nicht davon, aber es kam bei den Eltern nie etwas vor, aus dem eine andere Gesinnung hervorgeleuchtet hätte; wir hielten unsern Fürsten für den beßten, den es geben könnte, und unser Land für das gesegnetste. Mit einer Art Geringschätzung sahen wir z. B. auf Darmstädter herab."

In einem genügsamen und gemüthlichen Stillleben flossen so der Familie einige Jahre dahin, als sie plötzlich von einem herben Schlage betroffen wurde: der Vater starb am 10. Januar 1796 und hinterließ eine Wittwe mit sechs unversorgten Kindern, 5 Knaben und 1 Mädchen, von welchen der älteste Jakob eben erst 11 Jahre alt geworden war. Das Vermögen war mäßig, und daher die größte Einschränkung geboten; das schöne, weitläufige Amthaus mußte geräumt, und eine enge Miethwohnung bezogen werden. Die Mutter ertrug jede Entbehrung mit heiterer Ergebung, ihr Leben ging auf in ihren Kindern, und sie verstand es, die strebsamen, oft höchst muthwilligen Knaben nur durch Liebe und Sanftmuth zu leiten und zu führen. Bald aber reichte der Unterricht des steinauer Präceptors für die beiden ältesten Brüder nicht mehr aus, und sie kamen daher 1798 auf das Lyceum in Kassel, wo eine ältere Schwester der Mutter, Henriette Philippine, Kammerfrau bei der damaligen Landgräfin, mit mütterlicher Liebe für sie sorgte. Die beiden Brüder lernten und arbeiteten mit dem regsten Fleiße und der angestrengtesten Ausdauer; es galt ja, der

geliebten Mutter bald eine Stütze zu werden. Außer den Unterrichts=
stunden im Lyceum waren sie in Aufsicht bei dem Pagenhofmeister
Stöhr, der sie Französisch lehrte und ihnen im Lateinischen nachhalf.
Auch wurde fleißig gezeichnet. Obwohl sie so wenig mit der Außen=
welt in Berührung kamen, gefiel es ihnen doch recht gut in Kassel;
nur das berührte Jakob höchst unangenehm, daß ihn einer seiner Lehrer
mit Er anredete, während er gegen andere Mitschüler das Sie anwendete.

Leider wurde Wilhelm in jener Zeit zum ersten Male krank,
und es bildete sich ein Asthma aus, an dem er lange Zeit arg
zu leiden hatte, und das ihm manche jugendliche Freuden verküm=
merte. Gerade jetzt, es war im Jahre 1802, bezog Jakob die Univer=
sität Marburg. Die Trennung von dem geliebten Bruder, mit dem
er stets in einer Stube gewohnt, in einem Bette geschlafen hatte, ging
ihm sehr nahe. Zwei Jahre später kam ihm dann auch dieser nach;
er hatte sich zwar von den schwersten Anfällen seines Leidens in etwas
erholt, kränkelte aber doch noch mehrere Jahre fort, so daß er fast die
Hoffnung auf vollständige Genesung aufgab. Beide Brüder widmeten
sich der Rechtswissenschaft, ohne gerade besondere Vorliebe dafür zu
hegen, hauptsächlich nur darum, weil es das Fach des Vaters gewesen.
Eben dies war aber der Weg, der sie auf das Feld führen sollte, durch
dessen Anbau sie sich die höchsten Verdienste um die Wissenschaft sowohl,
wie um das deutsche Volk und eben hierdurch einen ruhmvollen und
weithin geachteten Namen erworben haben. Savigny, damals Pro=
fessor der Rechtswissenschaft zu Marburg, wurde durch treffliche
Arbeiten, die sie lieferten, auf die strebsamen und ausgezeichnet be=
gabten Studenten aufmerksam; er zog sie an sich, öffnete ihnen sein
Haus und seine reichhaltige Büchersammlung, und so lernten sie die
bisher verborgenen Schätze altdeutscher Dichtung kennen, wie denn
Jakob hier zuerst die Bodmersche Ausgabe der deutschen Minne=
sänger sah, und geriethen durch die Bekanntschaft mit den Roman=
tikern in die neue Strömung der Zeit, in welcher sie und fast nur sie
allein sich als das reinste und lauterste Wasser erhalten und bewahrt
haben, ganz geeignet, die öden und kahlen Felder des damaligen

Alltagslebens zu tränken und gesundes Wachsthum zu fördern. Die Grimmische Bekanntschaft mit den Savigny'schen Kreisen fällt genau in die Zeit der eben aufblühenden Romantik.

Gerade, als in Göthe und Schiller unsere Dichtung die höchste Stufe rein classischer Schönheit erreichte, begann eine neue Strebung in der Literatur, die sogenannte romantische Schule. Statt daß jene Altmeister auf der Grundlage des classischen Alterthums und der philosophischen Aufklärung des achtzehnten Jahrhunderts ihre Schöpfungen aufgebaut und sie überall in das Licht hellster Erkenntniß gestellt hatten, wandten sich mehrere schönbegabte Talente, angeekelt von manchem Seichten und Matten, das sich in jener Zeit breit machte, von dem Lichte zur Dämmerung ab. Sie suchten die wahre Macht der Dichtung in dem Wunderbaren, und das fanden sie in den Zeiten des Mittelalters, in den Dichtungen der Italiener und Spanier, wie in den Mährchen und Sagen des Morgenlandes. Sie würden aber trotz ihrer Fähigkeiten und ihrer göttlichen Grobheit, deren sie sich selbst rühmten, ihre große, weithin greifende Bedeutung nicht erlangt haben, wenn nicht die traurigen staatlichen Verhältnisse Deutschlands, die ein unheilsamer Irrwahn bereits damals den aufklärerischen Tendenzen des vorigen Jahrhunderts beizumessen begann, die Blicke vieler tieffühlenden Zeitgenossen den schöneren Zeiten zugeleitet hätte, in welchen der Deutsche noch etwas galt, in welchen das deutsche Volk das gebietende in der abendländischen Christenheit gewesen. Man wandte sich von der trübseligen Gegenwart ab und suchte und fand Trost und Erhebung in der Betrachtung der Vergangenheit.

Und in Einem hatte man recht: sollte das deutsche Volk nicht sein Dasein aufgeben, so mußte es erst wieder sein Wesen als Volk erkennen, so mußte ihm der Begriff der Volksthümlichkeit in seiner vollen Schöne erschlossen werden, und hierzu war das Studium seiner Vergangenheit die erste Vorbedingung. Man mußte den Standpunkt der allgemeinen Idee, der zwar zur Humanität, aber auch zu einem mattherzigen Kosmopolitismus geführt hatte, für einige Zeit verlaſſen und erſt durch Beachtung des Einzelnen zur Schätzung der Volksthümlichkeit gelangen, ehe man ohne Gefährdung ſeines eignen Daſeins ſich einer argloſen Anerkennung des Fremden und Allgemein- menſchlichen hingeben durfte; denn nur auf der ſicheren Grundlage des Volksthums kann ſich ein geſunder Weltbürgerſinn erheben. Und dies war denn auch die Stelle, worin die Beſtrebungen der Gebrüder Grimm zuſammentrafen mit denen der Romantiker, und von wo aus ſie eine Zeitlang mit denſelben einen Weg einzuſchlagen ſchienen. Damals war dies aber noch Niemanden, auch nicht unſern Gebrüdern klar. Als ſie nach und nach einzelne Bruchſtücke des deutſchen Alter- thums kennen lernten, wer wollte ſich da nach dem Gange, den ihre Entwicklung genommen, wundern, daß ſie ſich mächtig von dem in demſelben waltenden, ihrem eignen gläubig frommen, einfach ſchlichten und doch kräftigen Weſen ſo entſprechenden Geiſte angezogen fühlten? Und ſo kam, daß ſie, ob ſie gleich der erwählten Berufswiſſenſchaft- unausgeſetzt Fleiß und Eifer zuwendeten, doch immer mehr nach den Reliquien der Vorzeit ſuchten und dieſe verſtehen zu lernen mit Vor- liebe beſtrebt waren.

Eine willkommene Gelegenheit hierzu bot ſich für Jakob, indem er im Beginne des Jahres 1805 von Savigny, der damals in Paris mit der Sammlung von Vorarbeiten zu ſeiner Geſchichte des römiſchen Rechts im Mittelalter beſchäftigt war, eine ehrenvolle Einladung dahin erhielt, um denſelben in ſeinen literariſchen Bemühungen zu unter- ſtützen. Mit Freude folgte ihr der zwanzigjährige Jüngling und ver- lebte in des gelehrten und geachteten Mannes Geſellſchaft einen in jeder Beziehung genußreichen und für ſeine zukünftige Wirkſamkeit höchſt förderlichen Sommer zu Paris, wo er bereits die reichen Schätze der dortigen Bibliotheken kennen und würdigen lernte. Auf ſeiner im Herbſte erfolgenden Rückkehr holte er ſeinen Bruder Wilhelm von Marburg nach Kaſſel ab, wohin unterdeſſen auch die Mutter überge- ſiedelt war, und jetzt bewarb er ſich um eine Anſtellung. Aber nicht die gewünſchte bei der Regierung wurde ihm zu Theil, ſondern er mußte ſich damit begnügen, daß er zum Acceſſiſten bei dem Secretariat des Kriegscollegiums mit hundert Thalern Gehalt ernannt wurde. Die viele und geistlose Arbeit wollte ihm wenig schmecken, besonders in Vergleich zu seinen pariser Beschäftigungen; auch bequemte er sich nur höchst ungern in die steife Uniform mit Puder und Zopf. Freude und Erholung fand er nur in dem Studium der altdeutschen Literatur, für welche seine Vorliebe täglich mehr zunahm.

Wie das deutsche Volk, seit den Gräueln des dreißigjährigen Kriegs und der durch den westphälischen Frieden angebahnten Desorganisirung des Reichs in steter Zersetzung begriffen, sich selbst als ein Volk anzusehen verlernt hatte, so hatte es auch jede Kenntniß seiner großartigen Geschichte und seiner reichhaltigen Literatur eingebüßt. Die Erneuerung des Andenkens an die Blüthe des deutschen Schriftenthums im Mittelalter, die einige Schriftsteller, wie Opitz und Bodmer, versucht hatten, waren fast spurlos vorübergegangen. Umsonst war Klopstock bestrebt gewesen, durch Auffrischung der Erinnerung an die früheste Geschichte und durch die Einführung altdeutscher Götternamen und Sagen in die Dichtung den deutschen Volksgeist zu erheben.

Es fehlte fast alles und jedes Verständniß unserer Vorzeit, während wir bei den Griechen und Römern wie zu Hause waren. Von dem Mittelalter und seinem Leben hatte man fast überall die sonderbarsten Vorstellungen, von seinen Schöpfungen überhaupt, besonders von seiner Literatur nur dunkle Ahnungen. Man sah die Entartungen der mittelalterlichen Zustände, wie sie sich in einem rohen Junkerthume, in reichsstädtischer Spießbürgerlichkeit und einem in äußere Formen erstarrten Kirchenthume kundgaben, für das eigentliche Wesen dieser Zeit an und fühlte sich auf dem Standpunkte der allgemeinen Idee hoch über dasselbe erhaben. Ja, man hatte selbst das Gefühl für die einheimische Sprache und ihre Formen verloren; das, was die ursprüngliche, ihrer Natur entsprechende Entwicklung war, hielt man für Unregelmäßigkeit, die zu verbannen man trachten müsse, damit Alles gar schön regelrecht werde, wie die gleichgeschnittenen Bäume eines französischen Gartens. Von der Sinnigkeit des deutschen Rechts und seinem die Freiheit und Einzelberechtigung schirmenden Wesen hatten selbst die gelehrten Juristen keinen Begriff. Aber gerade zu der Zeit, als mit der durch fremde Gewalt und innere Uneinigkeit erfolgenden Auflösung des altehrwürdigen Reichs deutscher Nation alles Alte und Einheimische zusammenbrach, da faßte tiefere Gemüther ein unsäglicher Schmerz, und sie versenkten sich in das Leben der Vorzeit. Und eben jetzt war es, daß Jakob Grimm, als Secretariats-Accessist kurfürstlichen Kriegscollegiums, seine mittelalterlichen Studien begann. Sie sehen: es war ein wüstes, unangebautes Feld, voll Steinen, Disteln und Dornen, das er zu bearbeiten unternahm.

Und nun, im November 1806, stürzte auch bei uns, in Hessen, das alte Gebäude ein. Der fremdländische Zwingherr that von Berlin aus den Machtspruch: das Haus Hessen hat aufgehört zu regieren, und bildete aus hessischen, hannövrischen, braunschweigischen, preußischen und andern Gebietstheilen ein neues Königreich Westphalen, womit er seinen Bruder Jerôme beschenkte. Mit tiefem Schmerze ergriff dieser plötzliche Umschwung aller Zustände und Verhältnisse die beiden Brüder; in einem Briefe an einen Freund klagt Jakob bitter darüber, wie die alte, einfache, gute Sitte täglich mehr schwinde, und überall fremde Art und Unsitte einreiße. Für ihn persönlich hatte diese Veränderung noch die unangenehme Folge, daß ihm, als dem, der unter den am Kriegscollegium Angestellten am besten mit den französischen Kommissären und Verwaltungsbeamten in ihrer Sprache verkehren konnte, auch die lästigsten Arbeiten zufielen, so daß er ein halbes Jahr Tag und Nacht keine Ruhe hatte. Da nahm er seine Entlassung, und weil ihm die Beschäftigung mit dem französischen Rechte, das man eben einzuführen im Begriffe stand, zuwider war, so bewarb er sich um eine Stelle bei der Bibliothek, jedoch vergebens. Zu diesen Kümmernissen kam auch noch der Tod der innig geliebten Mutter, die am 27. Mai 1808 starb, ohne auch nur ein einziges ihrer sechs Kinder versorgt zu wissen. Doch diese materiellen Sorgen sollten bald schwinden. Johannes von Müller, der von Napoleon I.

gepreßte Minister des neugeschaffenen Königreichs, war auf den jungen Gelehrten aufmerksam geworden, und auf seine Empfehlung wurde Jakob Grimm mit einem Gehalte von 2000 und bald von 3000 Franken, Privatbibliothekar des Königs auf der damaligen Napoleons=höhe, eine Stellung, die ihm volle Muße zu den liebgewordenen Beschäftigungen ließ. Die ganze Instruction, die er erhielt, war: vous ferez mettre en grands caractères sur la porte: Bibliothéque particulière du-Roi. Kaum ein Jahr darauf kündigte ihm der König selbst an, daß er ihn mit Beibehaltung seiner Bibliothekar=stelle zum Auditor beim Staatsrathe ernannt habe. Auch die Obliegenheiten dieses neuen Amtes waren wenig zeitraubend; der Gehalt aber wurde auf 4000 Franken erhöht, und so sah sich Jakob in eine Lage versetzt, in welcher er seinen Studien leben und zugleich für seine Geschwister väterlich sorgen konnte.

Wilhelm dagegen hatte gerade jetzt die trübste Zeit zu durchleben. Seit dem Tode der Mutter war sein Leiden stets gewachsen, und den anhaltenden stechenden Schmerzen in der Brust hatte sich auch eine Herzkrankheit zugesellt. Es war ihm, wie er sagt, als fahre ihm von Zeit zu Zeit ein glühender Pfeil in das Herz.

Trotz aller dieser Leiden und ungeachtet vieler schlaflosen Nächte gab er seine geliebten Studien nicht auf und nahm regen Antheil an dem Leben, auf das er für seine Person bereits verzichtet hatte. Auf die Veranlassung des bekannten Kapellmeisters Reichardt unternahm er im Frühjahre 1809 eine Reise nach Halle, wo er in dessen auf dem romantischen Giebichensteine wohnenden Familie die anregendsten und genußreichsten Stunden verlebte. Sie erinnern sich, daß gerade damals sich ein Kreis ausgezeichneter Männer in Halle zusammen gefunden, der seinen Mittelpunkt in dem Reichardtischen Hause hatte, und ich brauche Ihnen nur Schleiermacher und Steffens zu nennen, um Sie auf dessen Bedeutsamkeit aufmerksam zu machen. Gerade in diesen Aufenthalt fallen mit dem östreichischen Kriege gegen Napoleon I. die ersten Versuche einer bewaffneten Erhebung des deutschen Volks gegen den fremden Unterdrücker, und da Sie die vaterländische

Gesinnung jener Männer kennen, so können Sie sich leicht die erregte, bald gehobene, bald niedergeschlagene Stimmung vorstellen, die in diesem Kreise herrschte. Der Kriegsschauplatz war nicht so sehr ferne, das Corps des Herzogs von Braunschweig-Oels und eine Abtheilung der Schillischen Husaren zogen nach einander durch Halle. „Ich sah", erzählt Wilhelm Grimm, „den Herzog auf dem Markte halten und seine ernsten, von den weißen Augenbrauen beschatteten Züge sich ein wenig erheitern, als er einem Bürger, den er von seinem früheren Aufenthalte in Halle her kennen mochte, die Hand vom Pferde herab reichte. Damals schien er bei seinem Abzuge uns allen verloren; aber er hatte recht gehabt, dem Glücke zu vertrauen, und er glich dem Muthigen, der bei dem Sturme sich aus dem Schiff herab ins Meer wirft und von den Wellen glücklich ans Ufer getragen wird. Nachdem der unglückliche Friede (von Wien) abgeschlossen war, schien Alles verloren, und die französische Gewalt das feste Land von Europa auf eine Weise zu umstricken, daß man glauben mußte, es dürfe ohne ihren Willen fortan kein Glied sich mehr frei bewegen. Allein mitten in solchem Zustande völliger Hoffnungslosigkeit, der gewöhnlicher Ansicht nach keinen Zweig mehr bietet, nach dem der Herabstürzende greifen kann, ersteht in dem menschlichen Herzen das Vertrauen auf Gottes Beistand; das Aeußerste, das eingetreten ist, scheint zugleich der Anfang einer bessern Zeit, und man fühlt sich von der Sorge befreit nachzusinnen, auf welchem Wege die Hülfe kommen werde."

Diese über den allgemeinen Gang menschlicher Dinge von Wilhelm Grimm ausgesprochene Ansicht sollte sich wenigstens vorerst in Bezug auf seine Gesundheitsumstände bewahrheiten. Er hatte den berühmten Arzt Reil zu Rath gezogen, und als er im Spätherbste nach Berlin abreiste, empfand er eine merkliche Besserung, die allmälig in vollständige Genesung überging. Der Zweck seiner Reise war ein Besuch Achims von Arnim, den er bereits in dem Savignyschen Kreise hatte kennen und lieben gelernt, und mit dem ihn eine lebenslängliche Freundschaft verband, welche, auf die Kinder übergehend, in neuester Zeit ein Ehebündniß zwischen seinem ältesten Sohn Hermann und einer Tochter Arnims und der allbekannten genialen Bettine zur Folge gehabt hat. Damals fand Wilhelm Berlin öde und einsam, die königliche Familie weilte noch in Königsberg, die Stimmung war gedrückt; doch gaben die Stunden, die er in vertrauten Kreisen mit ausgezeichneten und kräftigen Persönlichkeiten, wie Buttmann und Andere, verbrachte, auch wohlthuende, selbst heitere Eindrücke.

Auf der Rückreise durch Weimar fand er in dem Hause der als Schriftstellerin wohlbekannten Johanna Schopenhauer die freundlichste Aufnahme. Das Wichtigste aber für ihn war das Glück, Göthe zu sehen. Doch hören wir ihn selbst hierüber. „Noch deutlich", sagt er, „bin ich mir der Stimmung bewußt, mit welcher ich zum ersten Mal sein Haus betrat und über die bequeme Treppe und das oft beschriebene Salve in sein Zimmer gelangte. Jemand, den wir früher oft und genau in mannigfachen Bildern angesehen, ist uns nicht fremd und überrascht uns doch; in der Wirklichkeit liegt noch eine Macht, von der die Kunst nichts weiß." „Ich glaube", fährt er später fort, „ihn selbst gesehen zu haben, ist zu dem Verständnisse seiner Gedichte ungemein förderlich. In ihnen ist dieselbe Mischung der großartigsten, reinsten und edelsten Natur, die ein Sinnvoller sogleich anerkennt und verehrt, und jener höchst eigenthümlichen, besondern Bildung, deren Gang man nur zuweilen erräth. Erregt doch auch der wunderbare Blick seiner Augen ebensowohl das vollste Zutrauen, als er uns ferne von ihm hält. Wenn in einer Zeit eine nationale Gesinnung herrscht, mag es von geringerer Bedeutung sein, die Persönlichkeit des Dichters kennen zu lernen, der den Charakter des Volks in höchster Blüthe darstellt; anders verhält es sich, wo eine solche Nationalität fehlt, und ein Geist, je größer er ist, desto freier und kühner, inneren, unausmeßbaren Bedürfnissen gemäß, sich entwickelt und bei höherm Aufsteigen immer einsamer sich fühlen muß. Man findet die Einsamkeit, meine ich, in den meisten seiner Werke, und das Ansprechendste und Einleuchtendste mit dem Seltsamsten und Fremdartigsten verbunden."
Göthe nahm den jungen vielversprechenden Mann mit freundlicher Güte auf und bewies, dies zeugt von seinem allseitigen Interesse,

warme Theilnahme für die Bestrebungen der beiden Brüder, denen er seine Unterstützung zusagte. Es bildete sich überhaupt ein freundliches Verhältniß zwischen ihm und Wilhelm, und letzterer fand, wenn ich nicht irre, bei einem späteren Aufenthalt in Weimar gastliche Aufnahme in seinem Hause. Mit dem Frohgefühle körperlicher Genesung und getragen von den geistigen und gemüthlichen Eindrücken, die ihm zu Theil geworden, kehrte Wilhelm nach Kassel zu dem geliebten Bruder Jakob zurück, der unterdessen rüstig fortgearbeitet hatte.

Im Jahre 1811 traten nun beide Brüder zuerst mit selbstständigen Arbeiten an die Oeffentlichkeit, während Jakob schon früher kleinere Aufsätze in Zeitschriften, wie in den neuen literarischen Anzeiger und in die Zeitung für Einsiedler geliefert hatte. Jakob schrieb über den altdeutschen Meistergesang, Wilhelm gab altdänische Heldenlieder, Balladen und Mährchen heraus, und beider Schriften zeugten von der ungemeinen Befähigung der Verfasser für das gewählte Fach und ließen den kundigen Leser schon die Anzeichen künftiger Meisterschaft deutlich erkennen.

In diesen Jahren gingen aber auch beide Brüder an eine gemeinschaftliche Arbeit, die so ganz ihrem einfach schlichten, aber zugleich tief poetischen Sinne entsprach: sie fingen an, die deutschen Volksmährchen zu sammeln. Es war dies gerade die letzte Zeit, um noch manchen dichterischen Schatz, der sich unter das schlichte Kleid des Mährchens geborgen, vor dem Untergange und der Vergessenheit zu retten. Denn das Mährchen, dieses muntere und zugleich tiefsinnige Kind der Volksphantasie, stand damals in den Kreisen, die sich die gebildeten nannten, in argem Mißcredite; man erklärte es geradezu für thöricht und widersinnig, den Kindern alberne Geschichten zu erzählen, wodurch sie nur zu Aberglauben und Gespensterfurcht verleitet würden. An ihre Stelle sollten die Erzählungen von guten Kindern treten, in welchen die Moral gleichwie Fetttropfen auf einer magern Fleischbrühe schwamm; Erzählungen, deren Verfasser in der Absicht, kindlich zu schreiben, kindisch wurden, und die, wenn man es genau nimmt, doch nur auf Weckung eines feinen Egoismus berechnet waren, indem es den guten Kindern immer in der Welt wohl ergeht, den unartigen schlimm, gerade wie in damals ebenwohl beliebten Rührspielen, von welchen Schiller sagt:

„Wenn sich das Laster erbricht, setzt sich die Tugend zu Tisch" Erzählungen endlich, die den Kindern am wenigsten gefielen. Solche matte Surrogate sollten die gesunde und kräftigende Nahrung ersetzen, welche das Mährchen in seinen Wundern der Kinderwelt bietet. Das war die herrschende Ansicht, und man wunderte sich in sogenannter praktischer Verständigkeit höchlich darüber, daß ernste und gelehrte Männer, wie die Gebrüder Grimm, sich mit solchen, längst abgethanen Albernheiten beschäftigen möchten. Diese aber gingen, unbeirrt durch solche altkluge Afterweisheit, dem Mährchen bis in die letzten Schlupfwinkel des Gedächtnisses alter Mütterchen aus dem Volke und bis in die althergebrachten Spinnstuben nach, die ebenfalls schon der Ueberwachung einer nach napoleonischem Muster geschulten Bureaukratie zu unterliegen anfingen. Denn sie empfanden tief den Zauber, der in dem Mährchen liegt, und ihrem Ahnungsvermögen entging es nicht, wie sich in demselben die Ausläufer der alten Heldenlieder finden, die unser Volk in frühster Zeit gesungen und bis ins Mittelalter herab fortentwickelt hat. Und so erschien im Jahre 1812 der erste Band der Grimmischen Kinder- und Hausmährchen, dem 1815 der zweite folgte.

Ganz abgesehen von dem anmuthigen Dufte ächter Poesie, den die Gebrüder Grimm somit der Kinderwelt zurückgegeben, bahnten sie auch hierdurch die Wege einerseits zur Sammlung unserer altdeutschen Dichtungen, woraus viele Mährchen hervorgegangen, anderseits zur Erkennung des früheren innigen Zusammenhangs der germanischen und romanischen Völker des Abendlands, ja schon der Ahnung von der Zusammengehörigkeit der verschiedenen Zweige des indogermanischen Volksstammes, die später auf wissenschaftliche Weise aus der Sprachbildung nachzuweisen ihnen vorbehalten blieb. Und wie ganz anders wußten sie diese Volksmährchen zu erzählen, als es einst Musäus gethan, dem sie nur zum Zwecke der allerdings witzigen

Verspottung der Gebrechen und Lächerlichkeiten seiner Zeit dienten? Einfach und schlicht, wie sie aus dem Munde alter Großmütter kamen, gaben sie sie wieder und bewahrten so das ächte Wesen und den unnachahmlichen Zauber derselben.

Während sich unsere Gebrüder in die tiefen Schachten deutscher Volksdichtung mit ihren Zaubern und Wundern versenkten, begab sich in der Wirklichkeit das größte Wunder, oder vielmehr vollzog sich in wunderbarer Weise die Strafe göttlicher Gerechtigkeit an menschlichem Uebermuthe: da hielt der Herr ein streng Gericht, wie der Dichter singt. Der von der Welt vergötterte moderne Cäsar stürzte von seiner Höhe, und sein Sturz vernichtete zugleich seine Schöpfungen: das Königreich Westphalen hörte auf, und Kurfürst Wilhelm I. kehrte in das Land seiner Väter zurück, von dessen Bewohnern mit herzergreifendem Jubel empfangen. Mit den wärmsten Gefühlen begrüßten die Gebrüder Grimm diesen schönen Tag. „Die Wiederherstellung von Hessen ist von uns", sagt Wilhelm, „mit der reinsten Freude gefeiert worden, und ich habe niemals etwas Bewegenderes und Ergreifenderes gesehen, als den Einzug der fürstlichen Familie. Mir schien in diesem Augenblicke, als könne keine Hoffnung auf die Zukunft unerfüllt bleiben."

Für Jakob trat mit dem Umschwunge aller Verhältnisse auch eine plötzliche Umänderung seiner dienstlichen Stellung ein. Schon im December 1813 wurde er zum Legationssecretair ernannt und angewiesen, den kurhessischen Gesandten, Grafen von Keller, in das große Hauptquartier der Verbündeten zu begleiten. So machte unser junger Diplomat jetzt die Heerfahrt nach Paris mit; aber er vergaß auch hierbei seiner gelehrten Studien nicht. Schon unterwegs besuchte er alle bedeutende Bibliotheken, um Handschriften kennen zu lernen und auszuziehen; denn für sein Fach gab es damals noch wenig gedruckte Werke; der ganze Schatz altdeutschen Schriftenthums lag noch größtentheils in Handschriften auf Bibliotheken verborgen.

Ebenso wurden in Paris alle Stunden, die den Berufsgeschäften abgemüßigt werden konnten, dieser mühsamen, aber höchst lohnenden

Arbeit gewidmet. Zugleich war Grimm aber auch dem von Kassel zur Wiedererlangung der von den Franzosen nach ihrer Gewohnheit entführten Bücher, Antiken und Gemälde abgeordneten Bibliothekar Völkel in hohem Grade behülflich, und hierbei traf es sich seltsamer Weise, daß derselbe Huissier, welcher unter seiner Leitung die Bücher in Kassel gepackt hatte, sie ihm nun in Paris wieder abliefern mußte. Nach Kassel zurückgekehrt, wurde Jakob Grimm sofort wieder als Legationssecretair zum Congresse nach Wien gesendet, wo er von October 1814 bis Juni 1815 verweilte. Die Art und Weise aber, wie man zu Wien Politik betrieb, konnte einem einfachen und schlichtrechtlichen Manne, wie Grimm war, unmöglich behagen. Auf die Bemerkung, die ihm einst gemacht wurde, er müsse da doch viel Interessantes gesehen und erfahren haben, antwortete er kurzweg: „aber auch viel Unerquickliches und Schlimmes." Genug, er lehnte das Anerbieten, Gesandtschaftssecretair bei dem neugegründeten Bundestag zu werden, mit aller Entschiedenheit ab und wendete sich von da an mit der vollen Kraft seines Geistes der Erforschung des deutschen Alterthums zu, welchen Zweck er auch in Wien theils durch rüstiges Fortarbeiten (er begann damals die Erlernung der slavischen Sprachen), theils durch Anknüpfung von Bekanntschaften mit namhaften Gelehrten ungestört verfolgt hatte.

Noch einmal mußte er auf Verlangen der preußischen Regierung nach Frankreich gehen, um die aus einigen Gegenden Preußens geraubten Handschriften zu ermitteln und zurück zu verlangen, wodurch er freilich mit den pariser Bibliothekaren, die sich ihm früher höchst gefällig erwiesen hatten, in unangenehme Berührungen gerieth. Einer von ihnen, Langlès rief im Unmuthe aus: „nous ne devons plus souffrir ce Monsieur Grimm, qui vient tous les jours travailler ici, et qui nous enlève pourtant nos manuscripts." Ruhig machte Grimm die Handschrift zu, die er eben auszog, gab sie zurück und ging von jetzt an nur auf die Bibliothek, wenn er amtlich dort zu verhandeln hatte.

Unterdessen war Wilhelm Grimm, im Februar 1814, zum Bibliothekar-Secretair ernannt worden; zwei Jahre darauf wurde Jakob als zweiter Bibliothekar angestellt, und von nun an trennten sich beide Brüder nicht mehr, sie lebten und arbeiteten in **einem** Hause, Stube an Stube, in **einem** Geiste miteinander.

Jetzt beginnt auch die eigentliche Zeit des Schaffens für beide Brüder; die Bibliotheksgeschäfte nahmen nur wenig Zeit in Anspruch, und so konnten sie sich mit ungetheilter Kraft ihren Studien hingeben. Jakob nennt dies die ruhigste, arbeitsamste und vielleicht auch fruchtbarste Zeit seines Lebens, indem er hinzufügt: „Fast alle meine Bestrebungen waren der Erforschung unserer älteren Sprache, Dichtkunst und Rechtswissenschaft entweder unmittelbar gewidmet oder beziehen sich doch mittelbar darauf. Mögen diese Studien Manchem unergiebig geschienen haben; mir sind sie jederzeit vorgekommen als eine würdige, ernste Aufgabe, die sich bestimmt und fest auf unser gemeinsames Vaterland bezieht und die Liebe zu ihm nährt." Und gerade diesen Studien verdankt eine neue Wissenschaft, die germanische Alterthumskunde, ihre Entstehung, da zur selben Zeit mehrere ausgezeichnete Männer, wie Hagen, Maßmann, Benecke, Docen, Haupt u. a. mit unsern Gebrüdern auf demselben Arbeitsfelde zusammentrafen und es in rüstigem, gegenseitig sich fördernden Eifer bestellten und die Ernte einheimsten. Doch wir haben es hier nicht mit einer allgemeinen Geschichte dieser neuen Wissenschaft zu thun, sondern nur die Wirksamkeit und die Verdienste der beiden Grimme zu schildern.

Außer den bereits erwähnten Kinder- und Hausmährchen waren in den Jahren 1812 bis 1816 als gemeinschaftliche Arbeiten beider Brüder erschienen: die beiden ältesten deutschen Gedichte, das Lied von Hildebrand und Hadubrand und das Weißenbrunner Gebet, altdeutsche Wälder in drei Bänden, der arme Heinrich von Hartmann von der Aue, Lieder der alten Edda und der erste Band der deutschen Sagen, und Jakob hatte während seines Aufenthaltes zu Wien in der „Irmlnstraße und Irminsäule" das erste Ergebniß seiner mythologischen Forschungen veröffentlicht. Alle diese Werke eröffneten überraschende Einblicke in die so lange Zeit verschütteten Schachten altdeutscher Dichtung und ließen schon deren Reichthum von ferne ahnen.

Namentlich war Hartmanns armer Heinrich so recht dazu geeignet, die anmuthige Schönheit und ergreifende Innigkeit der mittelalterlichen Poesie darzuthun, wie in dem Liebe von Hildebrand und Hadubrand sich ihre schlichte Einfachheit und markige Kraft andeuteten, und die Lieder der alten Edda auf die frisch sprudelnde Quelle des deutschen Sagen- und Liederstoffes hinwiesen.

Jetzt aber begann Jakob ein Werk, das allein hinreichen würde, seinen Namen mit unverlöschlichen Buchstaben in die Geschichte der Wissenschaft einzugraben: seine deutsche Grammatik. Lange Zeit hindurch hatten sich die höhern Kreise der Gesellschaft in stolzer Geringschätzung von der als barbarisch geltenden deutschen Sprache ferne gehalten; die Gelehrten schrieben lateinisch, die Vornehmen sprachen französisch, die Muttersprache blieb dem Volke, das man damals in fremdländischer Weise Pöbel nannte, überlassen oder wurde, wenn man sich zu ihr herabließ, mit ausländischen Wörtern und Redensarten so verquickt und entstellt, daß es ein Jammer war, sie in ihrer bunten Narrentracht anzusehen. Aber als im achtzehnten Jahrhundert unsere großen Geister zeigten, welch' eine Kraft, welch' ein Reichthum und zugleich welch' eine Schönheit und Anmuth in ihr liege, da wandten sich ihr auch die Gelehrten wieder zu und begannen sie wissenschaftlich zu behandeln. Unterdessen war aber, wie wir oben gesehen, das natürliche Sprachgefühl unserm Volke fast gänzlich abhanden gekommen, und da die Gelehrten ihre Bildung nur ihren classischen Studien verdankten, so wandten sie ohne Bedenken auch die Art, wie man in griechischen und lateinischen Grammatiken verfuhr, auf die deutsche Sprachlehre an. Man stellte die Regeln gerade so auf, wie man dies in jenen Grammatiken zu thun gewohnt war, und suchte eine recht äußerliche Regelrichtigkeit herbeizuführen. Daß die Regeln einer Sprache aus ihrem innersten Wesen geschöpft werden müssen, und daß man nicht die Formen einer fremden Sprache einer andern aufdrängen dürfe, davon hatte man in damaliger Zeit kaum eine Ahnung. Man suchte die in der lateinischen Grammatik geltenden Gesetze auch in der deutschen Sprache auf, machte daraus Regeln und gab dann die Ausnahmen. In dieser Art wurden die besten und weitestverbreiteten deutschen Grammatiken, wie die von Heyse und Heinsius verfertigt.

Einen ganz andern Weg schlug Jakob Grimm bei seinem Werke ein: er erforschte und entdeckte, gleichsam von einem wunderbaren Naturtriebe geleitet, die im innersten Wesen unserer Sprache liegenden Gesetze und verfolgte hierbei den geschichtlichen Weg, indem er mit der gothischen Sprache begann und so durch das Althochdeutsche zu dem Mittelhochdeutschen und von diesem zu dem Neuhochdeutschen fortschritt, stets das Niederdeutsche, das Angelsächsische und die scandinavischen Sprachen zur Vergleichung und Aufklärung herbeiziehend. Er fand in der gothischen Sprache den größten Formenreichthum, namentlich in Declination und Conjugation, und zeigte, wie sich dieser allmälig verloren, und die Formen sich abgeschliffen haben. Auf diese Art wurde Jakob Grimm der Schöpfer der sogenannten historischen Grammatik, welche sich die Aufgabe stellt, den Geist und das Wesen einer Sprache in ihren ältesten Schriftdenkmalen aufzusuchen, deren Ausdrucksformen zu bestimmen und ihre allmäligen Veränderungen nachzuweisen. Diese Art, die Grammatik zu behandeln, ist von der deutschen nun auch auf andere Sprachen übertragen worden und hat für die Erkenntniß des Wesens der Sprache sowohl, wie der Eigenthümlichkeit und des Entwicklungsganges der einzelnen Völker die wichtigsten Aufschlüsse gewährt. Das Verdienst, hierzu angeregt und die Bahn gebrochen zu haben, gebührt einzig und allein unserm Jakob Grimm. Aber hieran reiht sich eine andere, noch weiter und tiefer greifende Folge. Jakob Grimm fand, daß die Anfangsconsonanten der Wörter bei ihrem Uebergange aus dem Gothischen in das Althochdeutsche stets eine und dieselbe Veränderung erleiden, so daß der harte in einen weichen oder Hauchlaut oder umgekehrt übergeht; er verglich nun gleichartige Wörter in der griechischen Sprache damit und entdeckte auch hier dasselbe Gesetz. Wo z. B. im Griechischen und Lateinischen ein P steht, hat das Gothische ein F und das Althochdeutsche ein B oder V, wie Sie in πατήρ, pator, father, Vater sehen.

Hiermit war eine wesentliche Grundlage der vergleichenden Sprachlehre gewonnen, worauf fortbauend man zu den wichtigsten Ergebnissen gelangt ist. Aus einer auf diese Weise angestellten Vergleichung ist unter anderen die Thatsache als sicher und unumstößlich hervorgegangen, daß die kaukasische Race in mehrere Völkerfamilien zerfällt, von welchen die indogermanische und die semitische die bedeutendsten sind. Zu ersterer gehören die Hindu, die Perser, die Griechen, die Germanen und die Slaven. Indem man nun die den Sprachen dieser Völker gemeinsamen Wörter aufsucht, kann man daraus schließen, auf welcher Stufe der Cultur die einzelnen Völker zu der Zeit gestanden haben, als sie sich von einander trennten. Die Zeit erlaubt mir nicht, diesen wichtigen und anziehenden Gegenstand weiter auszuführen; eine durchgreifende Anwendung von den hierbei leitenden Grundsätzen hat Max Duncker in seiner Geschichte des Alterthums gemacht.

Für unsere deutsche Sprache selbst aber ergeben sich aus Grimms Behandlung die wichtigsten Aufschlüsse. Er zeigte uns die Sprachbildung in ihrem innersten Geheimnisse, lehrte uns Wurzelwörter, Stammwörter und Sproßformen erkennen und wies nach, wie das, was unsere bisherigen Grammatiker als Unregelmäßigkeiten bezeichnet hatten, gerade die ursprünglichsten und schönsten Formen unserer Sprachentwicklung sind. Sie erinnern sich, daß viele unserer Zeitwörter in dem Imperfect und dem Particip der Vergangenheit den sogenannten Ablaut annehmen, d. h. den Selbstlaut der Wurzel verändern, wie in singen, sang, gesungen, während andere diese Formen durch die Endungen ete, et, ausdrücken, wie in lob(e)te, gelob(e)t. Letzteres hielt man für regelmäßig; Grimm dagegen wies nach, wie gerade das erste Verfahren das ursprüngliche sei und bei allen Wurzelwörtern stattfinde, während die Grammatiker bis dahin bestrebt waren, so viel, wie möglich, die minder schönen Endungen einzuführen, was ihnen auch bei manchen Zeitwörtern, z. B. kaufte für lief, wie es ursprünglich hieß, waschte für wusch gelungen ist. So führt uns Grimm recht eigentlich wieder in die Erkenntniß unserer Sprache ein und weckte von neuem das bereits im Absterben begriffene Sprachgefühl unseres Volkes.

Von welch' hoher Bedeutung aber die Erkenntniß seiner Sprache für das Verständniß und die richtige Auffassung des Wesens eines Volkes ist, bedarf keiner weiteren Darlegung; und schon hieraus geht hervor, wie mächtig Jakob Grimm auf die Gewinnung einer klaren Vorstellung von der deutschen Volksthümlichkeit eingewirkt hat. Aber auch nach einer andern, nicht minder wichtigen Seite hin wandte er seine Thätigkeit auf Erforschung deutschen Wesens, indem er um, wie er sagt, sich von der langen grammatischen Arbeit zu erholen, die deutschen Rechtsalterthümer schrieb, ein Werk, dem man wahrlich nicht den Zweck der Erholung, sondern nur den Ernst tiefgehender Forschungen ansieht. In demselben werden die ältesten Spuren der Einrichtungen, Gebräuche und Formen, worin sich bei unserm Volke das Gefühl des Rechts ausdrückt, aufgedeckt, und ihre allmälige Entwicklung bis in die Zeiten des Mittelalters nachgewiesen. Auch hier wird, wie bei der Sprache, ein lange verborgener Schatz wieder aufgefunden und dem rechtmäßigen Besitzer zurückerstattet; denn auch unser Recht ist durch ein ausländisches verdrängt worden, und seit langer Zeit hatten sich die Gelehrten gewöhnt, auf das einheimische Recht mit hochmüthiger Geringschätzung herabzusehen, während die Uebrigen kaum von seinem Dasein etwas wußten.

Während so Jakob das Wesen unseres Volkes in zwei seiner wichtigsten Formen aus dem Dunkel der Vergessenheit in das helle Licht lebendiger Anschaulichkeit rückte, richtete sich Wilhelms Thätigkeit mehr auf die altdeutsche Literatur und zwar vorzüglich auf einzelne Werke derselben. Er gab den Grafen Rudolph heraus, schrieb über die deutschen Runen und verfaßte sein gelehrtes Werk, die deutsche Heldensage, welches allen denen, die sich mit diesen Studien beschäftigen, durch seine sorgfältige und ins Einzelste gehende Ausarbeitung zu nicht geringer Förderung gereicht.

Jetzt wurden auch die Verdienste beider Brüder immer mehr anerkannt. Viele gelehrte Gesellschaften beeiferten sich, sie zu ihren Mitgliedern zu ernennen; die Universität Marburg übersandte beiden das philosophische Doctordiplom, und die Universität zu Berlin ertheilte Jakob die Würde eines Doctors beider Rechte mit einem höchst verbindlichen Schreiben, worin es heißt, man schätze sich glücklich, bisher nicht leichtsinnig mit der Ertheilung von Doctordiplomen umgegangen zu sein, so daß man hoffen dürfe, ein Mann, wie Grimm, werde dieselbe als ein Zeichen der Anerkennung seiner hohen Verdienste nicht ungerne annehmen.

Haben wir bis jetzt das Wirken der beiden Brüder in der gelehrten Welt und ihre Erfolge betrachtet, so werden Sie mich auch gerne in die stillen Räume des Hauses begleiten, worin ich Ihnen ihr Leben und Sein schildern kann, wie es mitanzusehen mir gegen Ende der zwanziger Jahre die Freude wurde.

Im Mai 1825 verheirathete sich Wilhelm Grimm mit Henriette Dorothea, einer Tochter des Apothekers Wild, die sich als Kind schon der Liebe seiner verstorbenen Mutter zu erfreuen gehabt hatte. Sie war durch ihre einfache Liebenswürdigkeit, ihre reine Weiblichkeit und ihren edeln feinen Sinn ganz dazu geeignet, das Lebensglück des Gatten zu begründen und die wärmende Glut auf dem Herde des Grimmischen Familienlebens mit stiller ungekünstelter Sorge zu nähren. Der älteste Sohn Jakob starb noch in demselben Jahre, in dem er geboren, 1826. In Kassel wurde noch Hermann geboren, der sich bereits als Schriftsteller einen geachteten Namen erworben hat. Ihm folgten in Göttingen ein Sohn Rudolph, der, wenn ich nicht irre, bereits im preußischen Staatsdienste steht, und eine Tochter Auguste, die, zur Jungfrau herangereift, mit hoher Geistesbildung eine ungemeine Einfachheit und Wahrheit des ganzen Wesens in ansprechendster Weise verbindet.

Die Familie Grimm, damals aus Wilhelm, seiner Gattin und seinem Sohne Hermann, Jakob und dem jüngsten Bruder Ludwig, welcher bereits als Maler geschätzt war, bestehend, bewohnte den zweiten Stock eines schönen Eckhauses in der Belle vue mit prächtiger Aussicht auf die Au und die den Horizont begrenzenden malerischen Höhen. Die Arbeitszimmer der beiden Brüder, Jakob und Wilhelm, stießen an einander; beide waren einfach eingerichtet; große Büchergestelle bedeckten ringsum die Wände, in der Mitte stand der Schreibtisch. In ihnen brachten die Brüder den größten Theil des Tages zu. Beim Kaffee, Mittagstische, Thee und Abendessen fand sich aber die ganze Familie zusammen. Da wurde dann vertraulich geplaudert, bald wurden die höchsten und wichtigsten Angelegenheiten besprochen, bald die kleinen Tagesbegebenheiten gegenseitig mitgetheilt, wobei Wilhelm gewöhnlich die Unterhaltung durch Scherze zu beleben und zu würzen verstand. Die wohlthuendste Gemüthlichkeit, schlichte Einfachheit bei hoher, tief innerlicher Bildung herrschten in diesem schönen Familienkreise.

Frau Grimm sorgte mit gleicher Aufmerksamkeit für das Brüderpaar, wie sie denn auch gewöhnlich im Scherze von ihren Männern redete. Beide Brüder erwiesen ihr die zarteste Aufmerksamkeit, und ihre gegenseitige Anhänglichkeit an einander that sich ohne Worte in ihrem ganzen Wesen kund. Dabei sprachen die bedeutendsten Persönlichkeiten bei ihnen ein und wurden gewöhnlich zu Tische geladen, wodurch noch Wechsel und Mannigfaltigkeit in die Stille des kasseler Lebens kam.

Aber dies stille und geräuschlose und doch so geistig bewegte Leben sollte nicht, wie die Brüder gewünscht hätten, für immer dauern. Sie erblickten in der nach dem Tode des Oberbibliothekars Völkel erfolgenden Ernennung des Herrn von Rommel zum Bibliothek- und Archiv-Director eine unverdiente Kränkung und nahmen daher einen ehrenvollen Ruf, den beide an die Universität Göttingen als Professoren und Bibliothekare erhielten, an, wiewohl nur mit schmerzlichen Gefühlen von Kassel scheidend.

Mit Anfang des Jahres 1830, welches auch für die allgemeine Lage der Dinge in Europa ein Wendepunkt werden sollte, siedelten beide Brüder nach Göttingen über. Hier lebten in Hofrath Benecke und Professor O. Müller schon befreundete Männer, welche ihnen die Eingewöhnung in den neuen Ort und dessen Art mit freundlichem Zuvorkommen erleichterten, und überall kam ihnen Wohlwollen und Hochachtung entgegen. „Zwar ist die göttinger Gegend nicht zu vergleichen mit der kasseler", schreibt Jakob beim Beginn seines Aufenthalts, „aber die nämlichen Sterne stehen am Himmel und Gott wird uns weiter helfen."

Es war beiden Brüdern nämlich in ihrer Bescheidenheit eine sorgliche Frage, ob es ihnen in vorgerücktem Alter noch möglich sein würde, die Leichtigkeit und Gewandtheit im mündlichen Vortrage zu gewinnen, die für den Universitätslehrer unabweisliche Bedingung einer fruchtbringenden Wirksamkeit ist. Aber diese Besorgniß bewies sich sofort als unbegründet. Einer ihrer Zuhörer rühmt Jakobs fesselnden Vortrag, indem er so fortfährt: „Wahrlich, ein so gemüthvoller Mensch, wie Jakob Grimm, der, von der Wissenschaft durchdrungen und beseelt, seine ganze Persönlichkeit in den Vortrag legt und in denselben sein inneres Leben ergießt, muß erhebend und begeisternd auf die studirende Jugend einwirken, welche einen Mann vor sich sieht, der mit seltner Sammlung des Geistes und unverkennbarer Lauterkeit der Gesinnung den Gedanken aus der Tiefe des Gemüthes erzeugt." Jakobs Vortrag gewann noch dadurch an Frische und Lebendigkeit, daß er ganz frei aus dem Gedächtnisse sprach, ohne irgend ein anderes Hülfsmittel, als ein Blättchen Papier, worauf er die Belegestellen angemerkt hatte. Er hielt Vorlesungen über deutsche Grammatik, deutsche Rechtsalterthümer, Tacitus Germania und auf besondern Wunsch des Herzogs von Cambridge bis zur Berufung von Gervinus über deutsche Literaturgeschichte. In seinen Vorlesungen sowohl, wie in seinen Schriften liebt er Bilder. So begann er einmal einen Vortrag mit den Worten: „der Gedanke ist der Blitz, das Wort der Donner." Und von der deutschen Sprache sagte er: „die alte Sprache ist einem Kinde vergleichbar, das mit wunderbaren Talenten geboren ist, sie aber nicht alle entwickelt hat; die neuere Sprache ist ein Mann, der bei mäßigen Geistesgaben durch verständige Haushaltung allen Ansprüchen gewachsen ist."

Von Wilhelm Grimm, der über einzelne Sprachdenkmale der altdeutschen Literatur, wie die Nibelungen, Iwein u. a. m. las, wird gleiche Darstellungsgabe, gleicher Bilderreichthum, derselbe markvolle Vortrag, dieselbe Herzlichkeit und Bescheidenheit, ja dieselbe

Sprache, wie bei Jakob gerühmt. Neben diesen Vorlesungen ruhten aber auch die wissenschaftlichen Arbeiten nicht. In seinem Reinhart Fuchs gab Jakob Grimm eine gediegene Abhandlung über das geschichtliche Verhältniß, den Ursprung, die Fortbildung und das Wesen der Thiersage und wies scharf den Unterschied zwischen ihr und der Lehrfabel nach, mit welcher sie oft verwechselt wird. Dann faßte er die Gesammtergebnisse der bisherigen Forschungen über die altgermanische Götterlehre in seinem Werke, deutsche Mythologie, zusammen und eröffnete uns auf diese Weise nach einer dritten Seite hin tiefe Einblicke in das Wesen und Sein unseres Volkes, indem er nachwies, wie die Ahnungen und Gefühle des Göttlichen sich bei unsern Altvordern zur Göttersage gestalteten, die, wie er so schön sagt, über der Geschichte schwebe als ein Schein, der dazwischen glänze, als ein Duft, der sich an sie setze.

Wilhelm fuhr in seinen einzelnen Erzeugnissen der mittelalterlichen Dichtung gewidmeten Thätigkeit unausgesetzt fort. Er gab jetzt Freidanks Bescheidenheit und später das Rolandslied des Pfaffen Konrad, die goldne Schmiede, den Rosengarten und andere kleine Gedichte heraus, die ich, obgleich sie zu verschiedenen Zeiten erschienen sind, um deßwillen schon hier zusammenfasse, weil ich von allen nur dasselbe sagen kann: der Verfasser gibt sich mit Liebe an die Sache hin, geht fein und tief in den Geist und das Wesen der Werke ein und weist ihnen mit sicherm Tact den Platz und die Stelle an, die sie in der Gesammtentwicklung der Literatur einnehmen. Zugleich aber überrascht uns dabei neben der Gelehrsamkeit und Belesenheit, die sich überall kundgibt, der tief poetische Sinn und das feine Gefühl, womit er den eigentlich menschlichen Gehalt der Dichtungen und ihrer Zeit erfaßt und uns anschaulich macht. Bescheiden sagt Wilhelm von seiner literarischen Thätigkeit: „die Arbeit selbst ist es ja, worin die eigentliche Freude liegt, wenigstens nach meinem Gefühle. Sie wächst in dem Grade, in welchem jene sich ihrem Ende nähert; aber das fertige Werk lege ich gerne weg, und mich reizt nur der Gedanke, die Aufgabe das nächste Mal besser zu lösen."

Die ehrwürdige Georgia Augusta hatte eben ihr hundertjähriges Bestehen in glänzender Weise und unter dem Zudrange von zahlreichen Deputationen anderer Hochschulen und von vielen Hunderten ihrer ehemaligen eigenen Schüler gefeiert, da trat ein Ereigniß ein, welches die Blicke des gesammten Vaterlands, ja man kann sagen, des gebildeten Europa's auf sie lenkte. Sieben Professoren waren es, die muthig und unerschrocken im allgemeinen Schiffbruche sittlicher Kraft ihr Gewissen und ihre Ehre retteten. Es ist hier nicht der Ort, eine Schilderung jenes im Jahre 1837 in Hannover von Oben durchgeführten Verfassungsbruches zu geben; denn wir haben es hier ganz und gar nicht mit Politik zu thun; aber wir müssen einfach erzählen, wie sich die Gebrüder Grimm zu jener Thatsache verhielten, und welche Folgen dies für sie hatte.

Die beiden Grimme sind durchaus keine politischen Naturen und standen von jeher allem Parteitreiben fern. „Meine Vaterlandsliebe hat sich niemals hingeben mögen", sagt Jakob, „in die Bande, aus welchen sich zwei Parteien einander anfeinden. Ich habe gesehen, daß liebreiche Herzen in diesen Fesseln erstarrten. Wer nicht eine von den paar Farben, welche die kurzsichtige Politik bringt, aufsteckt, wer nicht die von Gott mit unergründlichen Gaben ausgestatteten Seelen der Menschen wie ein in Schwarz und Weiß getheiltes Schachbrett ansieht, den haßt sie mehr, als ihren Gegner, der nur ihre Livrée anzuziehen braucht, um ihr zu gefallen." So gehörten die beiden Brüder keiner politischen Partei an; ja wenn man ihren Ausgang und ihre frühsten Strebegenossen in Betracht zog, so konnte man eher dafür halten, daß sie auf Seiten der Partei ständen, die sich die Aufgabe gestellt hat, das Alte zurückzuführen und die Entwicklung und den Fortbau des Neuen zu hemmen. Zwar hatte Wilhelm Grimm schon 1831 geschrieben: „das Mittelalter zu erforschen, um es in der Gegenwart wieder geltend zu machen, wird nur der beschränktesten Seele einfallen." Auch das sittlich haltlose Treiben der Romantiker, ihr Kokettiren mit dem Katholicismus, ja der Uebertritt mehrerer der bedeutendsten unter ihnen zu der römischen Kirche konnte reinen Charakteren mit einfach schlichtem Glauben und unerschütterlicher Sittlichkeit unmöglich zusagen. Und als Männer von Gottesfurcht und Rechtschaffenheit handelten auch hier die beiden Brüder wieder gemeinsam, wie im ganzen Leben, indem sie die Anmuthung zurückwiesen, einem geschwornen Eide untreu zu werden. Sie unterzeichneten mit noch fünf andern Männern, Albrecht, Dahlmann, Ewald, Gervinus und Weber, eine Eingabe an den König Ernst August von Hannover, worin sie offen ihre Ueberzeugung aussprachen. In Folge dieses Schrittes wurden sie sämmtlich im Verwaltungswege ihres Amtes entsetzt, und Jakob Grimm, Dahlmann und Gervinus, weil sie obige Eingabe Andern mitgetheilt, noch dazu angewiesen, binnen drei Tagen das Land zu räumen. Jakob Grimm hat uns in einem Schriftchen die Beweggründe seiner That und sein Verhalten in einfach schlichter Weise erzählt; er schließt mit den Worten: „so lange ich aber den Athem ziehe, will ich froh sein gethan zu haben, was ich that, und das fühle ich getrost, was von meinen Arbeiten mich selbst überbauern kann, daß es dadurch nicht verlieren, sondern gewinnen werde."

So wandte sich Jakob mit ruhigem Herzen und getrosten Muthes nach Kassel, wo er bei seinem Bruder Ludwig, jetzt Professor an der Academie der bildenden Künste, welcher das Haus als Eigenthum besitzt, das sie ehmals zur Miethe bewohnt hatten, herzliche Aufnahme fand und in den alten, liebgewordenen Räumen den so gewaltsam in Göttingen abgerissenen Faden seiner Studien wieder aufnahm, während Wilhelm noch einige Zeit in stiller Zurückgezogenheit mit seiner Familie zu Göttingen verweilte.

Aber alle Welt sprach nun von den Brüdern Grimm, und ihre Namen, die bis jetzt nur in den Studirstuben der Gelehrten und in den Hörsälen der Academien mit Achtung und Hochschätzung waren genannt worden, ertönten jetzt laut auf dem offnen Markte des Lebens und hallten wieder mit dem guten Klange deutscher Biederkeit und Ehrlichkeit in den Herzen des Volkes. Und dieser Schall drang auch zu dem Throne eines deutschen Fürsten empor; Friedrich Wilhelm IV., König von Preußen, berief, auf Alexanders von Humboldt Anregung,

in großartiger Weise ihnen selbst die Bestimmung ihres Gehaltes an=
heimstellend, beide Brüder als Mitglieder der Academie der Wissen=
schaften und mit der Erlaubniß, Vorlesungen zu halten, im Jahre
1841 nach Berlin, wo die Vertriebenen eine sichere Stätte für die
Fortsetzung ihrer ersprießlichen Thätigkeit fanden.

Und schon hatten sie sich eine großartige Aufgabe gestellt für die
noch übrige Zeit ihres Lebens. Auf den Antrag der Weidmannischen
Buchhandlung hatten sie die Abfassung eines deutschen Wörterbuchs
übernommen, und nun ging es mit rüstigem Eifer an die mannigfa=
chen, hierzu erforderlichen Vorarbeiten, die einen ungemeinen Auf=
wand von Zeit und Thätigkeit in Anspruch nahmen.

Gerade diese vierziger Jahre sind es, während welcher die Bestre=
bungen der Gebrüder Grimm sich Bahn brachen und schon Blüthen
und Knospen zu treiben begannen in dem Bewußtsein des deutschen
Volkes, das sich immer mehr als ein Volk fühlen und erkennen lernte.
So geschah es auch, daß sich im Herbste 1846 eine große Anzahl von
Männern, die sich der Pflege deutscher Geschichte und Sprache ergeben,
aus allen Gauen unseres Vaterlandes in Frankfurt zu der sogenannten
Germanistenversammlung zusammenfanden. Und hier sprach sich
alsbald die allgemeine Verehrung für Jakob Grimm aus, indem der
erste unter unseren lebenden Dichtern, Ludwig Uhland, das Wort
ergriff. „Mir scheint", sagte er, „daß die erste Wahl des Vorstandes ohne
Verzögerung vor sich gehen kann; ferner ist mir ein Wunsch mitge=
theilt worden, dem ich selbst mit besonderer Freude die Stimme gebe,
daß durch diese Wahl ein Mann berufen werden möchte, in dessen Hand
schon seit so vielen Jahren alle Fäden deutscher Geschichtswissenschaft
zusammenlaufen, von dessen Hand mehrere dieser Fäden zuerst ausge=
laufen sind, namentlich der Goldfaden der Poesie, den er selbst in
derjenigen Wissenschaft, die man sonst als eine trockne zu betrachten
pflegt, im deutschen Recht gesponnen hat; es ist mir der Wunsch mitgetheilt
worden, daß dieser Mann durch Zuruf zum Vorstande dieser Versamm=
lung berufen werden möchte, ich brauche kaum den Namen Jakob Grimm
zu nennen." Und stürmischer Beifall antwortete diesem Vorschlage.]

In dieser Versammlung berichtete auch Wilhelm Grimm über den Plan und die Vorarbeiten zu dem neuen Wörterbuche. Es sollte dasselbe den ganzen Sprachschatz der letzten drei Jahrhunderte von Luther bis auf Göthe enthalten, und jedes Wort mit reichen Belegen aus den Schriftstellern dieser Zeit ausgestattet werden. „Das Wörterbuch soll", sagt er, „die deutsche Sprache umfassen, wie sie sich in drei Jahrhunderten ausgebildet hat; es beginnt mit Luther und schließt mit Göthe. Zwei solche Männer, welche, wie die Sonne dieses Jahres den Wein, die deutsche Sprache beides, feurig und lieblich gemacht haben, stehen mit Recht an dem Eingang und Ausgang." „In Luther", fährt Wilhelm Grimm später fort, „gewann die deutsche Sprache, nachdem sie von der früheren, kaum wieder erreichbaren Höhe herabgestiegen war, wieder das Gefühl ihrer angebornen Kraft. Aus Luthers Jahrhundert war, was sich nur erreichen ließ, zu benutzen; hernach hat der dreißigjährige Krieg Deutschland und sein geistiges Leben verödet; auch die Sprache welkte, und die Blätter fielen einzeln von den Aesten; was sich noch irgend auszeichnete, mußte berücksichtigt werden. Im Anfange des achtzehnten Jahrhunderts hing noch trübes Gewölk über dem alten Baum, dessen Lebenskraft zu schwinden schien. Mit Anmaßung, zunächst unter Gottscheb, erhob sich die Grammatik, und gedachte der Sprache aufzuhelfen. Aber eine Grammatik, die sich nicht auf geschichtliche Erforschung gründete, sondern die Gesetze eines oberflächlichen Verstandes der Sprache aufnöthigen wollte, würde selbst bei minderer Beschränktheit unfähig gewesen sein, den rechten Weg zu finden. Ein solches Gebäude schwankt hin und her, die Sprache gewinnt durch ein willkührliches Gesetz eine gewisse Gleichförmigkeit und scheinbare Sicherheit; aber die innere Quelle beginnt zu versiegen, und das trockne Gerüst fällt wieder zusammen. Für diese Zeit war eine Auswahl zulässig: daß wir das Richtige getroffen haben, dürfen wir hoffen; aber das Urtheil steht Andern zu.

Unserm Vaterlande ist mehrmals ein Retter erschienen, der seine Geschicke wieder aufwärts lenkte; so erschien Göthe auch der Sprache als ein neues Gestirn, Göthe, der dieser Stadt angehört, dessen Standbild, das seine schönen und edlen Züge bewahrt, ich ohne Bewegung nicht betrachte, der in die Tiefen der menschlichen Seele hinab, zu ihren Höhen hinaufgeblickt hat und über den eignen Lorbeerkranz, der in seiner Hand ruht, hinwegschaut. Der Stab, mit welchem er an den Felsen schlug, ließ eine frische Quelle über die dürren Triften strömen; sie begannen wieder zu grünen, und die Frühlingsblumen der Dichtung zeigten sich aufs neue. Es ist nicht zu erschöpfen, was er für die Erhebung und Läuterung der Sprache gethan hat, nicht mühsam suchend, sondern dem unmittelbaren Drange folgend; der Geist des deutschen Volks, der sich am klarsten in der Sprache bewährt, hatte bei ihm seine volle Freiheit wiedergefunden. Was sonst hervorragende Männer, wie Wieland, Herder, Schiller in dieser Beziehung gewirkt haben, erscheint ihm gegenüber von geringem Belange. Lessing stand, was die Behandlung der Sprache betrifft, ihm am nächsten; aber Niemand hat ihn bis jetzt erreicht, geschweige übertroffen. Göthe ist also für die letzte Periode, der sein langes Leben eine glückliche Ausdehnung gegeben hat, der Mittelpunkt des deutschen Wörterbuchs. Wenn die Auszüge aus den Werken der Zeitgenossen, die seinem Anstoß bewußt oder unbewußt folgten, völlig beendigt sind, und dieses Stück unseres Wegs wird bald zurückgelegt sein, so kann es das eigentliche Werk, ich meine die Anordnung und Verarbeitung des gesammelten Stoffs beginnen. Dann wird sich zeigen, ob wir im Stande sind, dem Ziele, das uns vorschwebt, nahe zu kommen."

Während der fast überwältigenden Vorarbeiten zu diesem großartigen Werke fand Jakob noch die Kraft in sich, uns eine weitere Ausführung und Begründung seiner Grammatik in seiner tief ein- und weitausgreifenden Geschichte der deutschen Sprache zu liefern, die in den Märztagen des Jahres 1848 in zwei Bänden erschien.

Jetzt berief ihn die Wahl der Stadt Mülheim an der Ruhr in die erste deutsche Reichsversammlung und versetzte ihn mitten in das politische Leben. Aber auch hier bewahrte Jakob Grimm seinen Charakter; er nahm seinen Sitz in der Mitte der beiden Seiten des Hauses, besuchte keine Parteiversammlung und stimmte nach seiner eignen Ueberzeugung, mochte der Antrag von Rechts oder Links kommen. Wie innig und tief er aber den wahren und edeln Sinn der Zeit erfaßt hatte, davon zeugte der einzige Antrag, den er, so viel ich weiß, gestellt, und die Worte, mit welchen er ihn begründet hat. Sie lauten: „Meine Herren: Ich habe nur wenige Worte vorzutragen zu Gunsten des Artikels, den ich die Ehre habe vorzuschlagen. Zu meiner Freude hat in dem Entwurf unserer künftigen Grundrechte die Nachahmung der französischen Formel: Freiheit, Gleichheit, Brüderlichkeit gefehlt. Die Menschen sind nicht gleich, wie neulich schon bemerkt wurde; sie sind auch im Sinne der Grundrechte keine Brüder; vielmehr die Brüderschaft, denn das ist die bessere Uebersetzung, ist ein religiöser und sittlicher Begriff, der schon in der heil. Schrift enthalten ist. Aber der Begriff der Freiheit ist ein so heiliger und wichtiger, daß es mir durchaus nothwendig erscheint, ihn an die Spitze der Grundrechte zu stellen. Ich schlage also vor, daß der Artikel I. des Vorschlags zum zweiten gemacht, und dafür ein erster folgenden Inhalts eingeschaltet werde: „„Alle Deutsche sind frei, und deutscher Boden duldet keine Knechtschaft. Fremde Unfreie, die auf ihm weilen, macht er frei."

„Ich leite also aus dem Rechte der Freiheit eine mächtige Wirkung der Freiheit her; wie sonst die Luft unfrei machte, so muß die deutsche Luft frei machen. Ich glaube, das Gesagte reicht hin, um Ihnen den Antrag zu empfehlen."

Noch ist mir eine Zurechtweisung erinnerlich, die er einem Radikalen, welcher „Nichts von geschichtlicher Entwicklung wissen wollte", zu Theil werden ließ, indem er von seinem Platze aus rief: „Von den Herren, die von der Geschichte Nichts wissen wollen, wird auch die Geschichte Nichts wissen wollen."

Nachdem das deutsche Einigungswerk mißlungen, kehrte Jakob Grimm in die stille Studirstube zurück. Im Jahre 1854 erschien der erste Band des deutschen Wörterbuchs, eingeleitet durch eine Vorrede von ihm. In derselben gibt er die Gründe an, welche beide Brüder zur

Anwendung der lateinischen Schrift und dem Gebrauche einer veränderten Schreibung der Wörter bewogen haben. Für die lateinische Schrift führt er den Umstand an, daß unsere sogenannte deutsche Schrift nicht ursprünglich deutsch, sondern nur aus einer Verunzierung der lateinischen Schrift durch die Abschreiber hervorgegangen sei, und begründet deren Anwendung durch die auf diese Weise zu erzielende Uebereinstimmung mit der Schrift der meisten neueren Völker und die also anzubahnende Erleichterung der Erlernung des Lesens und Schreibens. Zugleich findet er aber auch die lateinische Schrift ungleich schöner, als die unsrige. In Beziehung auf die Orthographie verwirft er die Schreibung des Substantivs mit einem großen Anfangsbuchstaben als sinnlos, da dasselbe keineswegs den Hauptbestandtheil des Satzes bilde, und die Anwendung der verschiedenen Dehnungszeichen, als da sind die Verdopplung der Vocale a, e und o, das h und das e nach dem i, weil sie ohne durchgreifend leitende Grundsätze gesetzt werden und der alten Sprache fremd sind. Dann will er das ß nur in den Wörtern gesetzt haben, in welchen es ursprünglich ist, und verwirft dessen Anwendung für ss; auch will er die Consonanten weniger oft verdoppelt haben, als dies üblich geworden, und schließlich deutet er darauf hin, daß man überall f für v setzen, und dann das v das w ersetzen könne. Diese ganze Orthographie begründet er aus den Bildungsgesetzen der deutschen Sprache und weist die jetzt übliche Schreibung als theils auf Unkenntniß, theils auf Willkühr beruhend nach.

Diese Grimm'sche Schreibweise ist unter dem Namen der historischen oder auch der neuen Orthographie bereits überall bekannt geworden und hat zu den verschiedenartigsten Erörterungen geführt; ja sie hat schon zu Streitigkeiten Veranlassung gegeben. Darum befinde ich mich in einiger Verlegenheit darüber, ob ich es bei meiner Angabe des Verfahrens und der von den Urhebern ausgeführten Gründe darf bewenden lassen, oder ob ich Ihnen meine Ansichten darüber mitzutheilen mich für verpflichtet erachten soll. Ich weiß wohl, daß man mir es als Anmaßung auslegen kann, wenn ich eine abweichende Ansicht auszusprechen mir erlaube; denn ich verhehle mir nicht, daß ich die Kenntnisse, die ich in diesen Gegenständen habe, den gelehrten Arbeiten der Gebrüder Grimm verdanke, und daß es dem Schüler nicht wohl ansteht, den Meister zu meistern. Und doch glaube ich gerade in dem Sinne dieser Hochmeister der deutschen Sprachwissenschaft, deren Leben und Wirken ich zu schildern die Ehre habe, zu handeln, wenn ich frei und unverhohlen meine Meinung ausspreche.

Mir scheint es nicht wohlgethan, eine Entwicklung, wenn sie sich auch nicht auf naturgemäßem, organischem Wege gebildet hat, vollständig abzubrechen und eine alte, schon abgebrochene da wieder aufzugreifen, wo sie vor langer Zeit abgebrochen wurde.

Dies streitet namentlich in der Sprache gegen den Gebrauch, penes quem est jus et norma dicendi (dem das Recht und die Regel des Sprechens zusteht), wie schon Horaz sagt. Wäre dies nicht der Fall, so stände ja auch Nichts im Wege, die viel schöneren und mannigfacheren Sprachformen des Alt- und Mittelhochdeutschen wieder neu zu beleben und in unsere Sprech- und Schreibweise aufzunehmen. Da wir uns in dieser Hinsicht nach unsern classischen Schriftstellern richten, die wir ja eben darum mustergültig nennen, indem sie in dem Gebrauche und der Flexion der Wörter, wie in der Bildung der Sätze für uns maßgebend sind, so sehe ich wenigstens nicht ein, was uns in Beziehung auf die Schreibung eben dieser einzelnen Wörter zu einem entgegengesetzten Verfahren berechtigen könnte. Dazu kommt noch, daß eine genaue und gründliche Kenntniß der historischen Grammatik unserer Sprache dazu erfordert wird, um in jedem Falle zu wissen, was die richtige Schreibung ist, und diese kann man doch nicht von jedem verlangen, der gerne in neuhochdeutscher Sprache richtig zu schreiben wünscht.

Wie viele recht gebildete Männer und Frauen gibt es, die Nichts wissen von organischer Länge und Kürze der Vocale, die nicht die Wörter kennen, die ursprünglich mit ß geschrieben wurden? Und dies Alles muß man wissen, wenn man sich der Gründe bewußt sein will, warum man so und nicht anders schreibt. Nimmt man noch hinzu, daß man täglich in den bisher gedruckten Büchern eine andere Schreibung vor Augen hat, so wird dadurch die Verlegenheit und Unsicherheit noch vergrößert, die aber durch das Verfahren, das Einzelne eingeschlagen haben, nur in einigen Punkten die Geseze der historischen Orthographie zu befolgen, bis zur höchsten Verwirrung gesteigert wird.

Hierdurch ist es denn auch veranlaßt worden, daß die königlich hannövrische Regierung eine Kommission von sachkundigen Schulmännern niedergesezt hat, die eine für die hannövrischen Schulen gültige Orthographie ausgearbeitet hat. Findet dies Verfahren Nachahmung, so unterscheiden sich dann auch künftig unsere deutschen Staaten durch die jedem derselben eigenthümliche Orthographie. Dies wollten aber gewiß unsere ächtdeutschgesinnten Brüder Grimm am allerwenigsten. So viel ist gewiß, eins ist noth: entweder man nehme die Grimmische Schreibung in strenger Folgerichtigkeit an, oder man behalte die bisher übliche, wie sie namentlich durch die Beckersche Grammatik begründet worden, bei.

Durch diese bescheidenen Bedenken soll aber dem Werth und der Bedeutung des Wörterbuchs nicht im entferntesten zu nahe getreten werden: es ist ein Nationalwerk und wird es immer mehr werden. Bis jetzt sind die zwei ersten Bände vollständig und von dem dritten drei Hefte erschienen. In die Arbeit hatten sich beide Brüder so getheilt, daß Jakob die Buchstaben A, B, C, und Wilhelm D übernommen hatte, und diesen Buchstaben hat er wirklich, wie uns Jakob in der Vorrede zum zweiten Bande berichtet, bis zum lezten Worte beendet. Für den Fall, daß es beiden Verfassern nicht vergönnt sein sollte, das begonnene Werk bis zum Ende durchzuführen, ist, wie ich höre, Dr. Frommann, ein ausgezeichneter Gelehrter, gegenwärtig Bibliothekar am germanischen Museum zu Nürnberg, der merkwürdiger Weise auch im Aeußern eine auffallende Aehnlichkeit mit Jakob Grimm hat, mit dem ehrenvollen Auftrage betrauet, dasselbe zu vollenden.

So arbeiteten denn beide Brüder still und unverdrossen die fünfziger Jahre hindurch an einem Werke, das ihre Namen dauernder der Nachwelt überliefern wird, als Marmor und Erz.

Daneben thaten sie die Ergebnisse ihrer nach allen Richtungen hin das gewählte Arbeitsfeld durchforschenden Thätigkeit in Vorträgen, die sie in der berliner Academie der Wissenschaften hielten, der gelehrten Welt kund. So sprach Jakob Grimm über den Personenwechsel in der Rede, über die Vertretung männlicher durch weibliche Namensformen, über den Ursprung der Sprache, Wilhelm über die Sage von Polyphem u. s. w.

Und in eben dieser Academie der Wissenschaften ergriff auch am 10. November 1859 bei der von allen Deutschen in seltenster Einigkeit begangenen hundertjährigen Geburtsfeier unseres volksthümlichsten Dichters der größte und tiefste Kenner des eigensten Wesens unseres Volkes, Jakob Grimm, das Wort, um des Festes hohen Sinn zu deuten. Und er that es einfach und gediegen, wahr und gewaltig; doch Sie müssen die Rede selbst lesen, wenn Sie es noch nicht gethan. Nur zwei Stellen erlaube ich mir daraus anzuführen: „Glocken brechen den Donner und verscheuchen das lange Unwetter. Ach könnte doch auch an hehren Festen Alles fortgeläutet werden, was der Einheit unseres Volkes sich entgegenstemmt, deren es bedarf, und die es begehrt." Und dann: „Vielfach ist der Glaube unserer beiden großen Dichter schnöde verdächtigt und angegriffen worden von Seiten solcher, welchen die Religion, statt zu beseligendem Frieden, zu unaufhörlichem Hader und Haß gereicht. Zu den Tagen der Dichter war die Duldung größer, als heute. Welche Verwegenheit heißt es, dem, der blinder Gläubigkeit anheim fiel oder dem, der sich ihr nicht gefangen gab, Frömmigkeit einzuräumen und abzusprechen! Der natürliche Mensch hat wie ein doppeltes Blut, Adern des Glaubens und des Zweifels in sich, die heute oder morgen bald stärker, bald schwächer schlagen. Wenn Glaubensfähigkeit eine Leiter ist, auf deren Sprossen empor und hinunter, zum Himmel oder zur Erde gestiegen wird, so kann und darf die menschliche Seele auf jeder dieser Staffeln rasten. In welcher Brust wären nicht herzquälende Gedanken an Leben und Tod, Beginn und Ende der Zeiten und über die Unbegreiflichkeit aller göttlichen Dinge aufgestiegen, und wer hätte nicht auch mit andern Mitteln Ruhe sich zu verschaffen gesucht, als denen, welche uns die Kirche an die Hand reicht? Jedermann weiß, daß Lessing, sich aus den Bedenken windend, oft ganz unverhalten redet, auf ihn geht die Bezeichnung eines Freigeistes oder Freidenkenden vollkommen so rühmlich, als zutreffend, da sie ihrem Wortsinne nach etwas Edles und der Natur des Menschen Würdiges aussprechen. Warum verkehren und verunstalten sich doch die besten, reinsten Wörter!"

„In den drei Worten des Glaubens und den drei Worten des Wahns", fährt der Redner später fort, „läßt Schiller unverschleierte Blicke in sein Innerstes werfen; schmerzhaft elegische Töne besingen die Götter Griechenlands und den Untergang der alten Welt, während der Eisenhammer und der Graf von Habsburg sich auch in die Wunder der christlichen Kirche finden. Doch hat ihm diese liebevolle Hingabe an den Gegenstand nirgends den freien Weg seiner Gedanken verschlagen, in Gegensatz zu Philosophen, die sich darauf einlassen, die Lehre der Offenbarung mit ihrem eignen System zu verschmelzen und dann verlorene Leute sind. Unter der Ueberschrift „„mein Glaube"" dichtete Schiller:

„„Welche Religion ich bekenne, keine von allen,
Die du mir nennst, und warum keine? Aus Religion.""

Die Religion lebt in ihm, und die lebendigste ist auch die wahre; vor ihr kann nicht einmal von Rechtgläubigkeit die Rede sein, weil scharfgenommen alle Spitzen des Glaubens sich spalten und in Abweichungen übergehen. Aus Männern, deren Herz voll Liebe schlug, in denen jede Faser zart und sinnig empfand, wie könnte gekommen sein, das gottlos wäre? Mir wenigstens scheinen sie frömmer, als vermeinte Rechtgläubige, die ungläubig sind an das ihn immer näher zu Gott leitende Edle und Freie im Menschen."

Wenn sich Grimm in dieser Rede vollkommen loslöst von den Romantikern und den Anhängern des sogenannten christlich germanischen Staates, mit denen er die Anfänge gemein hatte, so sind die beiden Brüder, benn was der eine spricht, das denkt der andere, sich nicht untreu geworden; sie haben nur die gerade Richtung verfolgt und nicht nach Links oder Rechts geschauet, am wenigsten auf den eigenen Vortheil. Ich aber möchte Ihren Blick zurückwenden auf den beschränkten Gesichtskreis der Ihnen am Beginne des Vortrags geschilderten Zeit, wie sie sich in dem Geiste und Gemüthe des steinauer Knaben abspiegelte, und dann wieder auf die weite und tiefe Anschauung unserer Tage, wie ihr der geistesgewaltige Greis Ausdruck gibt; welch tiefe Kluft liegt zwischen beiden? und ist es möglich, unser Geschlecht in die Anschauungen und Zustände jener Zeit zurückzudrängen?

Aber das Jahr 1859, in welchem Jakob die Geburt eines großen Deutschen mit so ergreifenden Worten gefeiert, wurde ihm durch den Tod des innigst geliebten Bruders zu dem schmerzlichsten seines Lebens.

Wilhelm Grimm, der schon mehrere Jahre hindurch leidend gewesen und in Thüringens Fichtelnadelbädern zwar Stärkung und Besserung, aber nicht vollständige Wiedergenesung gefunden, starb am 16. Dezember im 74. Lebensjahre. Sein Begräbniß fand, wie uns die Volkszeitung erzählt, Donnerstag, den 21. Dezember Morgens um 9 Uhr von der Wohnung des Brüderpaars in der Linksstraße aus statt. In seinem Studirzimmer, mitten unter seinen Büchern war der mit Kränzen und Blumen geschmückte schlichte Eichensarg aufgestellt. Die Vertreter der Wissenschaft und Kunst bildeten außer den Angehörigen den Haupttheil der Trauerversammlung. Von den einst so vielgenannten göttinger Sieben umstanden nur Jakob Grimm und Gervinus den Sarg. Der Propst Dr. Ritsch hielt die Leichenrede in würdiger Weise. Er gedachte nicht nur der brüderlichen Liebe, der Verdienste um die Wissenschaft, sondern auch der Liebe zum Vaterlande, die den Verklärten nicht nur zum hingebendsten Erforschen der theuersten Muttersprache, sondern auch zu Werken, denn Leiden sind auch Werke, so lauten seine Worte, für das Vaterland geführt habe.

Der Leichenzug bewegte sich demnächst, gefolgt von dem Staatswagen des Prinz-Regenten und einer langen Reihe von Privatwagen nach dem ohnweit Schöneberg gelegenen Kirchhof der Matthäi-Gemeinde. An schön erhöhter Stelle, wo der Blick hinüberschweifen kann auf die Stadt, ward der Sarg eingesenkt. Der Prediger Snethlage sprach die Einsegnungsworte; das schöne, von den greisen Locken und eisiger Winterluft umspielte Haupt Jakob Grimms blickte noch einmal auf die theuren Reste des geliebten Bruders, und still und ernst zerstreute sich die Versammlung.

Noch tagelang wandelte, wie uns ein anderes Blatt sagt, der verwaiste Bruder still und stumm in der Studirstube des Dahingeschiedenen umher, als suche er den geliebten Bruder bei seinen Büchern; kein Wort, nur ein wehmüthiger Ausdruck des Gesichts und ein Händedruck dankte denen, die ihm nahten, für ihre Theilnahme. Doch so tief des Schwergetroffenen Gemüth, so stark ist auch sein Geist, so gottergeben sein Sinn. Er raffte sich auf aus seinem Schmerze und gab uns in seiner trefflichen Rede über das Alter, die er am 26. Januar d. J. in der Academie der Wissenschaften zur Feier des Geburtstages Friederich des Großen hielt, ein schönes Zeugniß davon. „Kein Niederfall", sagt er darin, „ist das Alter, es ist eine eigene, selbstständige, berechtigte Macht des Lebens, die Krone, der Gipfel des Daseins. Die Freiheit der Gesinnung ziert das Alter, Ueberzeugungsfreiheit und Muth, die Wahrheit zu schauen und von ihr zeugen, im staatlichen, wie im religiösen Leben, das ist der Schmuck des Greises, das macht ihn zum Aeltesten des Volkes, der kraft seiner Jahre das Recht zu finden und zu sagen hat."

Möge ihm noch lange Zeit vergönnt sein, als ehrwürdiger Aeltester unseres Volkes das Recht zu finden und von der Wahrheit zu zeugen! möge ihm das schöne Glück zu Theil werden, daß er die Früchte des Baumes deutschen Volksthums, den er pflanzen helfen, dessen Wachsthum er mit liebender Sorge gefördert, dessen Blüthen und Knospen er schon erblickt, auch noch vollkommen reifen sehen, und daß dann, wann der Tod ihm als „schöne Naturnothwendigkeit" erscheint, seine sterbliche Hülle in deutscher Erde ruhe, die, wie er selbst gesagt, keine Unfreiheit duldet.

Mit tiefer Verehrung nennt Hanau, mit gerechtem Stolze nennt Deutschland die Gebrüder Jakob und Wilhelm Grimm die Seinen; ihr Name sei und bleibe uns werth und theuer, ihr Andenken hehr und gesegnet!